星海社
FICTIONS

# ビアンカ・オーバーステップ（上）

筒城灯士郎
Illustration／いとうのいち

星海社

……ねえねえ。わたしよ、わたし、気がついた？
って、さすがにここで気づくわけないか。
うん。
もうすこし待つわ。
何時間か、あるいは何十時間かかるかはわからないけど、
でもわたしにとっては——もう一瞬に等しいし。
また会いましょう。
それじゃあね。

BIANCA OVERSTEP

CONTENTS

形而上、形而下問わず、すべての空間上、
すべての時系列上、すべての並行世界上の物事を、
あらゆる感覚でもって知る存在に、
探究心は宿りうるか？

# 観測者たち1

複雑かつ高らかに組み上げられた銀色の配管が、星の表面を隅々まで覆っていた。

最上階の船着場《ふなつきば》から下を覗けば、無数に力強くきらめく白のライトや、鉄骨のうえを歩く人々、キャットウォークの交差点、網の目状の構造に嵌《は》めこまれたビルとその屋上がみえた。もっとも遠くには果てしない闇が横たわり、地表がみえることはなかった。


その星の名は〈ボロス〉――

宙吊りのフレアスタックが気紛《きまぐ》れに炎を吐き出す。

双頭の巨大クレーン〈オルトロス〉が静かに首を振る。

どこかで誰かがアルミの足場を響かせる。

注意喚起のランプが光る。

――太陽系にもっとも近い惑星系〈グリーズ〉の第二惑星である。

赤髪の大男スカルラットはキャットウォークを横切っていた。アルミでできた通路という通路は入り組んでいる。彼がいまいるこの区画は、機密エリア〈レベルZ〉――テレポート能力者対策のための、意図的な立体迷路であった。

星まるごとが軍の研究施設だった。スカルラットは所長を任せられている。彼は軍人の研究者で、異世界研究の第一人者で、この星にはテラフォーミングするところから関わっている。年齢は七十七を超えていたが、外見は若い。……それに、人間が千年以上生きられるようになったこの時代では、まだ探求の初期衝動を忘れていない彼の精神は、青年と言っても過言ではなかった。

スカルラットは機嫌が悪かった。

ある者からの呼び出しを受けていたのである。

さっきまで意気揚々《いきようよう》と自らのチームと研究を進めていたのだが、その呼び出しのせいで、いまはその手を止めて、無骨《ぶこつ》なアルミのうえを歩いている。

ある者とは——言うまでもない。この研究所の代表たるスカルラットに、研究の手を止めさせ、自分のもとへ呼び出せる者など、この星には一人しか存在しない。

(いまいましい……デイモンめ!)

と彼は思ったが、声には出さなかった。機密エリアとはいえ室外だ——音声を拾われる可能性がある。

昔は人の愚痴《ぐち》を声に出しても、記録されなかったらしい。

そんな時代がスカルラットはすこし羨ましかったが、しかし自分がこの時代に生まれたことには文句がなかった。むしろ彼は——歴史のなかにときおり出現する革命家たち同様、人類の歴史においてこれほど刺激的な瞬間は後にも先にも〈今〉しか無いと確信している人種だった。

いまからたった一世紀ほどまえに、異世界の存在が確認されたのだ。一部の者にとっては、それまでひたすら宇宙の暗闇のなかを三次元的に広がっていたフロンティアへの針路が、激変したのである。

スカルラットは幼少期、はじめて異世界という概念を知り――衝撃を受けた。その世界では万有引力《ばんゆういんりょく》の法則が存在しないのかもしれなかった。あるいは、べつの自分が、違った街で違った生活をして過ごしているかもしれないのだった。彼は取り憑《つ》かれたように異世界にのめり込み、大学にはいって研究者となり、軍事会社に入り、（一度戦場へ出て功績を上げて）――いまの地位を得るに至る。

スカルラットは部屋のまえで立ち止まった。ドアには『リッシャー・デイモン』と表記されている。

リッシャー・デイモン

通称〈解体屋〉

彼は天の川銀河全域に展開する軍事会社〈アークグレン〉の役員にして、事業撤退担当部長であり――スカルラットの上司だ。

彼の訪問した先の組織は例外なく――三ヶ月以内に解散している。

スカルラットは一呼吸した。

この部屋は先週までスカルラットのものだった。しかし、デイモンがやってきて立ち退《の》くことになった。このドアのむこうで待っている上司は、この星へ来てからというものずっと静かにしていた——その沈黙は本人以外の者にとって、不気味でしかなかった。

だが、こうして呼び出されたということは、いよいよそのときが来てしまったということだ。

スカルラットは部屋へと踏み込んだ。

「お呼びですか、本部長」

デイモンは先週までスカルラットが座っていた椅子《いす》に深々と腰掛けていた。なにやら資料に目を通していたようである。資料というのは当然紙ではなく、デジタルなものなので、彼は宙の一点を睨《にら》むように見上げていた。それはスカルラットには見えなかったが、デイモンの視界では空中に浮かんでいた。

デイモンの年齢は二百に近いはずだが、外見は〈肉体クリーニング〉——身体を若返らせるための施術——をしていない場合の（これを自然年齢という）五十代くらいにみえる。実年齢にかかわらず外見年齢を変えることは自由にできるため、彼はあえてその外見を選んだということだ。

スカルラットは、外見年齢の選択で、その者の人格をある程度推測できると考えている。若い姿を選ぶ者は無邪気《むじゃき》な性格であることが多い。ルールを破る者や、革命を起こす者が多い。彼のチームは彼を含めて、ほとんどが若い姿をしている。

逆に、高齢者としての外見をあえて選ぶ者には、またべつの傾向があると考える。彼らはもっぱら〈威厳《いげん》〉を求めているのである。

「まあ、掛けたまえ」

デイモンは外見年齢に比例した、すこし皺が寄ったような声で言った。

スカルラットは言われたとおりに椅子に座って、本部長と向かい合った。

「どうして私がこの星へ来たのか、わかるかね？」

「いいえ。私などには、理解が及ばないようなことでしょうね」

スカルラットは皮肉を言った。

「だろうね。きみはあくまでこの施設の代表なのだし」

とデイモンは応答した。

皮肉を皮肉として受け取らなかったのか、それとも皮肉を皮肉で返されたのかは、年齢が離れすぎていて、スカルラットには判断できなかった。おそらく後者だろうな、と彼は思った。

「さっそく、本題に入ろう」

「ええ」

「これはまだ、公《おおやけ》にはしていないことなのだがね」

デイモンは背もたれから身体を離し、机に肘《ひじ》をついて静かに言った。「いまから十四日ほどまえに、我が社は、パイ・ラ・アチスルン族と業務提携することとなったのだ」

「あのパイラとですか？」

「ああ、そうだ」

パイ・ラ・アチスルン族といえば、謎が多いが、天の川銀河のなかでも群を抜いて、宇宙航空の技術に優れた種族である。

「おとめ座銀河団全域を、これから先二世紀かけて調査するという巨大プロジェクトが、はじまるんだよ」

「信じられない」

パイ・ラ・アチスルン族は、生物の活動領域の拡大を最も嫌っているはずの種族である。そんな種族になぜ宇宙航空の技術力があるのか、ということは、天の川銀河の七大ミステリーのひとつに数えられる。『じつはこの宇宙が抱える八方塞《はっぽうふさ》がり的な運命を知ってしまって、他の民族がその真理に到達しないよう、日夜、悪者の役を演じながらみんなの邪魔をしているのではないか』……などと噂されているが、スカルラットは信じていない。

「ハイジェノム総督《そうとく》が、交渉には骨が折れたと言っていたよ。いやまったく、どういう手を使ったのかはわからんが、とにかく我が人類は、彼らと契約を結んだ。プロジェクトには、むこうが開発中の最新鋭の無人探査機を使う。……あぁ、これが銀色のプレート型をしていてね、わたしは設計デザインをみせてもらったんだが——大昔のオカルトに登場したUFOそっくりなんだ。いろいろ考えさせられたよ。やはり、あれは他の銀河からきたものだったんじゃないかとね」

「それで、本部長」

話が横道に逸れそうだったので、スカルラットは思わずそこで切った。この時代の人間は、組織としての機能を向上するため、『職場では雑談をしなくてはならない』ということを義務教育課程で学ぶ。しかし今は、まさにそうして目の前の男とうまくいくことこそが危険だと、彼は警戒していた。

「そのプロジェクトが私と、どう関係あるって言うんですか？」

「まあ、そう慌てないでくれ。それをいまから話すから」

デイモンは余裕からくる笑みを、皺《しわ》の内側から浮かべて言った。「無人探査機は天の川連邦がまだ情報を摑めていない、ありとあらゆる領域を目指して飛ばす。——その数、無量《むりょう》大数《たいすう》！　……というのは、まぁ冗談だが、ものすごい数になることは間違いない」

スカルラットは黙って頷《うなず》いた。

「むろん、無人探査機であるから、調査チーム……の、すくなくとも生命体に関しては、これには搭乗《とうじょう》しない。探査機はワープするが、生命の宇宙間テレポーテーションはまだ、超能力、科学的手法ともに実例がないからね」

そこまで言ってデイモンは立ち上がった。彼は部屋の隅に置かれた〈液体プリンタ〉を操作し、二つのカップを手にして戻ってきた。

「〈金星珈琲《コーヒー》〉——最近のお気に入りなんだ」

カップの一つをスカルラットに手渡した。

「ありがとうございます」

冷めた声でそう言って、スカルラットは熱々のカップを受け取った。〈金星珈琲〉というのは、べつに、金星で採れたコーヒー豆を使っているわけではない。味と香りをプログラムしたブレンダーが、勝手に付けたブランド名である。

デイモンは席に着いて話を続けた。

「探査機は膨大な情報を収集する。それはすべて、ガニメデの首都〈ホーガン〉に設置される予定の調査センターに送られる。センターでは各分野の専門家が結成したチームがこれの解析にあたる。この宇宙の全フロンティアが一箇所に集まるわけだから、そりゃもう――想像したくもないほどに――センターは混沌《こんとん》とした状況になるだろう。……当然、このセンターには優秀なチーフが必要になる。それも、ただの優秀ではダメだ。とびっきりの優秀な人間でなければならん」

デイモンはコーヒーを啜《すす》り、静かにカップを置いて、自然な口調でそれを言った。「きみのような者でなければ務まらないんだ」

スカルラットは衝撃を受けた。

まさか。

事業撤退の話かと思いきや、引き抜きだったとは――。

彼は本能的にカップに口をつけた。冷静になるための間を取る必要があった。〈金星珈琲〉はビターチョコレートのような味と香りがするのだが、いまのスカルラットには無味無臭でしかなかった。

スカルラットは自分がガニメデで働く姿を一瞬想像しそうになった。しかし、いやでもまてよ——と彼はそのヴィジョンを振り払った。

これが、このやり方こそが、デイモンの十八番《おはこ》なのだ。

「私の部下はどうなるのですか？」

スカルラットは肝心なことを訊《き》いた。

デイモンは最初からその質問がくることを予想していたかのように——（スカルラットにとっては、逆にそれが疑いを強めるほどの早さで）——即答した。

「あぁ。きみが望むなら、そのチームに加えても構わんよ」

「いいえ、そうではありません。私の部下がガニメデに行かないと言った場合の話です」

「もちろんそのときは、彼らが良い環境で働けるよう、私が手配しよう」

（そらきたぞ！）

スカルラットは自分の警戒心が間違っていないことを確信した。

「……本部長、つまり私が『イエス』と言えば、この研究所は停止になるのですね？」

デイモンの頰《ほお》が僅《わず》かにひきつった。彼はコーヒーに口をつけた。考える間を取ろうとしていることが、スカルラットにはわかった。

デイモンはカップから手を離さずに言った。

「……まず、きみの部下たちが、ここの仕事に固執《こしゅう》するとは、限らんだろ？」

（限るさ！）

スカルラットには部下たちの返事を曇《くも》りなくイメージできた。

彼らはさっき、呼び出しをうけて研究室を出ようとしたスカルラットのことを『何を言われても、絶対に研究を止めさせないでください！　おれたちはこれを続けたいんです！』と、叫びながら送りだしたのだ。それにスカルラット自身も、あらためて自分の気持ちと向き合ってみれば、もはや自分は異世界にしか情熱を抱けない人間なのだと――すくなくともあと一世紀のあいだは、この燃え上がる炎を絶やすことがないだろうと――断言できた。

デイモンは話を続けた。

「……それに、異世界調査というのはたしかに興味深いことではあるがね。しかし、時代はまだまだ宇宙だよ。我々の知る範囲は少なすぎる。この宇宙は、いまだに、とてつもなく広いんだ」

スカルラットは思わず反論した。

「異世界のほうが、その何倍も広いですよ」

するとデイモンの顔には、あからさまに怒りの色が浮かんだ。彼はカップの中身を見つめて「わからず屋め」と呟《つぶや》いた。その声はスカルラットの耳に届いたので、彼は――ふんっ、と鼻で返事をした。

顔を上げたデイモンは、自身のプライドを思い出したのか、その態度がかろうじて外見年齢に沿うよう、ぎこちない微笑《ほほえ》みを無理やりに形成して言った。

「……まあ。たしかにそうかもしれんが、しかし今回のプロジェクトによって、希少な資源が山ほど手に入るかもしれないし、新たに宇宙人との協定を結べる可能性も高い。すると、信じられないような技術が利用可能になるかもしれないのだ。これはとてつもない偉業となるよ。そしてその代表が、きみなんだ。……べつに、またむかしのように戦場へ戻れと言っているわけじゃない。私はきみの能力が、ガニメデのリーダーとして、最大限発揮されることを理解しているつもりだ」

「お断りさせていただきます」

スカルラットは結論を出した。

「え」

デイモンは目を剝《む》いた。

「本部長、私はやはり、異世界に情熱の炎を燃やしているのです。宇宙探索も嫌いではないですが……はっきり言って、もう時代じゃない。私のフロンティアは異世界にあるのです」

堪《こら》えきれなくなったように、デイモンが言った。

「異世界だと？　――それがいったい、何の役に立つんだ？」

スカルラットの怒りはその瞬間沸点に達した。その言葉は彼の最も嫌いな言葉だったからだ。これまでなにかの業績を上げる度《たび》に、その会見で記者から必ず問われるのである。

『この発見は、何の役に立ちますか？』

「何の役にも立ちませんが、何か？　研究者が役に立たない研究をして、何か問題あるんですか？」……スカルラットはそう応答したくてしょうがなかったが、毎回我慢してきたのである。

それを、あろうことか、自分の上司に言われてしまったのだ。

「役にならたちますがぁっ！」

スカルラットは鬼の顔をして叫んだ。カップを握り潰し、〈金星珈琲〉が飛散した。彼はさすがにまだ弁解をあきらめることはしなかったが、しかしもはや平静な振る舞いではいられなかった。〈金星珈琲〉の滴《しずく》は上司の顔にもかかったが、デイモンはまばたきひとつしなかった。

「どおぅ役に立つんだとぅ、訊いているんだあ！」

とはいえデイモンの我慢も限界に近いらしい。珈琲の滴を顔面に張りつけたまま、彼も声を荒らげた。……二人が最初からこうなるということは、一週間まえから誰もが予想していたことだった。「答えてぃ、みろぉぅ！」——妙に言い方がねちっこくなってきた。

「それは先月、本部に提出しましたがぁっ！」

「こぉぅれのことを、言っているのかぁぇ⁉」

デイモンはぐっと腕を振りかぶって、資料データをスカルラットの眼前に叩きつけた。

先月、本部に求められて提出した、予算に関する報告書だった。要約すると、そこにはこう書かれていた。

【〈エイダ〉による観測は継続の必要あり。
理由・〈異世界間戦争《パラレルウォー》〉防止のため。】

どん、と机に手をつき、勢い良く立ち上がって、デイモンは叫んだ。

「ばかげている！　なにが異世界戦争防止だあ！　ふざけているのかぁぇ⁉」

「大、大、真面目ですよ！」

それがこじつけ的であることをスカルラットはむろん自覚していたが、しかしここで引き下がるわけにはいかない。それは即、研究所が解体されることを意味している。だから彼は叫んだ。

「異世界が確認された以上、このリスクは考慮しなければならない！　これは我々〈アークグレン〉がやらなきゃいけないことだ！」

デイモンは首を激しく振った。

そして冷静な口調にもどって、早口で捲《まく》し立てた。

「我々がやらなきゃいけないことは現実的な銀河の平和維持と発展だよ！　異世界人より宇宙人だ！　……いいかね、スカルラット君。きみのやろうとしてることは、あまりに飛躍しすぎている。……まだ〈異世界間移転物〉すら発見できていないのだろう？　なのに、異世界間戦争だって？　はっ！　異世界間戦争！　……いいかね、スカルラット君。古代ローマ人が、宇宙人対策に取り組むかね？　警戒すべきはゲルマン人だろ、ええ、違うか？」

「しかし本部長、異世界が観測可能な〈エイダ〉が、我々の手元にはあるんですよ？　これを持て余せというのですか？　覗きこめばそこに、無限の未知が広がっているのに！　我々はね、本部長。望遠鏡を手に入れたローマ人なんです。いまこの時代の開拓地は、かったるく広がる宇宙ではない！　〈エイダ〉を通した先にあるんです！」

「その〈エイダ〉こそが問題なのだ！」

デイモンは激高《げきこう》して叫んだ。「あれにいったいどれだけの費用がかかっていると思っているんだ！」

言い終えた瞬間、デイモンははっと、我に返り、しまったという顔をした。

「本音が出ましたね！」

スカルラットは聞き逃さなかった。「あなたの目的は、〈エイダ〉を止めることなんだ！」

「ああそうだよ！　その通りさ！」

デイモンはついに開き直った。彼は叫んで捲し立てた。「パイラとの契約内容はこうだ！

あちらさんは技術を提供し、我々は資金を提供する——総額十億だ！　半年以内に十億準備せにゃならん！　ハイジェノムの野郎……じゃなかった、ハイジェノム総督は、私に多大な期待を寄せてらっしゃってだね。なんと、そのうちの三割も私に振ったのだ！　信じられるか⁉　三億だぞ！　そんな額いったいどうやって集めろと言うのだ、ええ？　私はねぇ、その話を聞いた次の日には胃に穴が開いたよ！　すぐに修復したがね！　そして病院のベッドのうえで閃《ひらめ》いたんだ、名案を！　つまり〈ボロス〉を解散してしまえば、ノルマの半分を達成できるってことをだね！　なにせそこで運用されている異世界観測器〈エイダ〉は、年間運用コスト二億九千万の金食いお化けだからなぁ！」

普段から痛烈に感じていることを上司に指摘され、スカルラットはその緋《ひ》色《いろ》の髪を逆立てた。彼は悲しみと怒りの交じったような声で叫ぶ。

「そんな言い方ないでしょう！」

スカルラットのその反応をみたデイモンは、やはりここが攻めどころだという顔をして、畳《たた》み掛けるように言った。

「なにもおかしいことは言っていないがね！　〈エイダ〉を擁《よう》するきみのチームは、ここのところ何の成果も挙げないまま、社の予算をぼりぼりむしゃむしゃと、貪《むさぼ》り食っているじゃないか！　役員のなかには過去の成果から、現状に対し目をつむる者もいるが、そんなのは一握りの少数派だ！　たいていの者はこう言っておるよ、——惑星〈ボロス〉は、——この星は、——〈エイダ〉は、——この銀河でもっとも大きな〈宇宙ゴミ〉だとね！」

その言葉を聞いたスカルラットはすごい剣幕《けんまく》で、いまにも摑みかからんとばかりに上司に詰め寄った。

「〈エイダ〉が、ゴミだって⁉」

「成果の出ないものはそう言われても仕方がないだろう？　うちは民間企業なんだぞ」

「成果なら出ますよ！」

「はっ」

デイモンはおかしくてたまらないといったように笑って、指先を額にあてるポーズをとった。しかし彼は、こめかみに何本もの血管を浮かせていた。「成果を出せるだって？　きみは、〈エイダ〉に成果が出ると言っているのか⁉　本気かね？」

「ええ！」

「今期中に出せるのかね？」

「もちろん！」

ならよろしい——と言ってデイモンは、その瞬間、まるで人格でも切り替わったかのように——急に落ち着き払って、席についた。

「話はこれでおしまいだ」

彼は上機嫌でそう言った。

そして、自分の仕事に戻って、鼻歌を歌い出した。

スカルラットはその様子をみて、自分の失敗に気がついた。何も言わずにその場に立ち尽くしていたが、しばらくしたのち彼は、

「失礼します」

と消え入るような声で言って、部屋を出た。

誰もいないキャットウォークを金属音を響かせて歩く。しばらく進んだところで彼は、立ち止まり、思い出したように、

「あのクソ野郎ぉおおおお！」

と叫んだ。

音声を拾われることなどお構いなしに、声にだした。

デイモンのあの怒りや開き直りは――すべて演技だったのだ。

彼はけっきょくのところ、最初から結論を決めていて、そこへスカルラットを誘導していたにすぎない。

「今期中にだと？　ふざけるな！」

また声にだして叫ぶ。

研究のことしか考えずに過ごしていたから、きょうが何月の何日だとかということをスカルラットはいまのいままですっかり忘却していた――研究者という生き物は、大概《たいがい》がそうだ――しかし、よくよく考えてみれば、今期はあと二週間も残っていないではないか。

あの二百歳にもなる男は、部下を興奮させるだけ興奮させて――そのうえで、残り二週間という事実に、わざと『今期』という言いまわしを使ったのだ。――いっそ、清々《すがすが》しいほど小賢《こざか》しい！

あと二週間で成果を出せるだろうか？　とスカルラットは考える。――ぜったいに無理だ。ありえない。との結論がすぐに出る。チームはこれまで一生懸命に研究をしてきたが、前回まともな成果が出たのは、もう一年と十ヶ月もまえだ。新たな発見には当然運も必要で、それは宝くじを買うようなものだ。努力だけでどうにかなる問題ではない。

(――これでは、事実上の撤退決定じゃないか！)

スカルラットはアルミの手すりを両手で摑んで握りしめ――そして愕然とした。遙《はる》か頭上でフレアスタックが炎を吐き出し、鉄骨の骨組みでできた迷路を一瞬、ちかちかと照らした。

「……もうおしまいだ」

スカルラットはゆるゆるとかぶりを振り、力のない声で呟いた。

――しかし。

彼はまだ知らずにいた。

このときすでに、彼の間近で――紛《まご》うことなきこの宇宙のフロンティアは、その門を開いていたのだ！

スカルラットは重い足取りでキャットウォークを歩く。部下たちの待つ研究室に戻り、死んだような顔をしてドアを開ける。

スカルラットのチームは、彼を含め、総勢百二十八人の研究者で構成されている。

その広大な部屋の中が、なにやら騒然としていた。

ある者は大声でなにかを叫び、ある者は慌《あわ》ただしく走り回っている。その異様な光景をスカルラットが呆然と眺めていると、部下のひとり——ヤチという女性が、彼に気がつき、「あ」と言って駆け寄ってきた。

「チーフ、大変ですよ！」

彼女は興奮したようすで言った。

「……これはいったい、何の騒ぎだ？」

スカルラットは状況をよく呑み込めず、部下に訊いた。ヤチはいつものハスキーヴォイスを、すこしだけうわずらせて言った。彼女の話しかたは男のようだったが、声は少女のようだった。

「発見ですよ！　新しい発見があったの！　ハタのやつが見つけたんです！　しかも、その発見というのは、〈第一級〉ですよ！」

「なんだって⁉」

スカルラットは驚きのあまり声が裏返った。

〈エイダ〉を使っての異世界観測には複数の目標が掲げられている。それぞれには五段階の重要性が設定されているが、〈第一級〉といえば、歴史的発見ともいえる最重要項目である。ほんとうにそんなものが発見されたとなれば、この研究チームにとって、いままさに、喉《のど》から手が出るほど欲しい〈成果〉だ。

「〈第一級〉の、何が出たんだ？」

スカルラットからはさっきまでの落ち込みが一気に吹き飛んだ。

「〈異世界間移転物〉です！」

とヤチは叫ぶように言った。

「……っ！」

異世界間移転物。

その名のとおり——異世界と異世界を移動する物体のことだ。存在自体はむかしから予想されてはいたが、その証拠がみつかったことは一度もない。

（そんな存在が確かとなれば、世界がひっくり返るぞ！）

スカルラットはいてもたってもいられなくなり、

「アルト！」

サポートの人工知能《AI》を呼び出した。

その呼びかけに応じて、愛らしい姿をした——銀色の髪の少年が出現する。

「はーい、なんでしょう？」

「ハタが発見した情報を、こっちに回してくれ」

「いいけど、まだ翻訳が終わってないよ？」

幼《おさな》い——中性的な声で、ＡＩは首をかしげて言った。

「かまわん」

スカルラットがそう言い放つと、ＡＩはすぐさま情報をよこした。それは異世界観測器〈エイダ〉が吐き出したばかりの情報で、たしかに、まだ人が読める代物ではなかった。スカルラットの目の前には膨大な『１』と『０』が表示され——一瞬にして視界のすべてを埋め尽くした。

「チーフ、なにをしようっていうんですか？」

ヤチが不思議そうに訊く。

「直接読むんだ。……翻訳には時間がかかるだろ？」

スカルラットは答えた。

「機械語をですか！」

ヤチは仰天《ぎょうてん》した。「……ありえない！　機械語を逆コンパイルなしで読めるのは、この宇宙では〈ガナト・キュ族〉だけですよ！」

「共通語なんだから、読めない方がおかしいだろ」

とスカルラットは言ったが、当然これは冗談だった。彼はたしかに機械語を翻訳なしで読めるが、それは特殊な事情によるものだ。

スカルラットはクオリアに異常を抱えていた。

彼の目には機械語が――〈甘ったるいポエム〉として映るのである。

スカルラットは1と0だけで構成されるこの世でもっとも低級な言語の表示に縮小をかけた。それはいくら縮小しようが全体像がみえないほどの――おびただしい情報量だったが――とにかく、できるだけ広い範囲がみえるように限界まで縮小した。そして0と1の区別がつかなくなるかどうかというところで――彼の目にはその数の並びがこんな具合に映った。

あの柔らかな栗色《くりいろ》の髪は
渦巻状にくくられる栗色の髪は
どんなにあまやかな香りに満ち
どんな安らぎの匂いに満ちていることか

「人だ！」

途中まで読んで、スカルラットは叫ばずにはいられなかった。「この〈異世界移転物〉は、人だぞ！」

ほとんど絶叫にちかいその声を聞きつけ、部屋のなかにいた研究員たちは、なんだなんだ、と言ってスカルラットのもとへと集合した。

「チーフ、何してるんだ？」「機械語読んでるらしいっすよ」「翻訳なしで？」「うん」「そんなアホな。――またいつもの冗談でしょ」「えー、そうかなあ」「そうよ」「……おれ、聞いたことあるぜ。チーフはクオリアの問題で、機械語がそのまま読めるって」「うっそー」「ほんとうよ」と亜麻色《あまいろ》の髪をした、美しい女性が言った。彼女はカーヴィアといって、スカルラットの妻だった。夫婦揃って異世界研究に打ち込んでいるのである。彼女の言葉を聞いて、一同は驚嘆の声をあげた。「ほんとうなんだーっ」

「さっき、なんて叫んでたんだ？」「人だって」「移転物が？」「ええ」「じゃあそれって、つまり〈異世界旅行者《パラレルトラベラー》〉ってことじゃないか！」

一同はごくり、と唾《つば》をのんで、スカルラットのことを見つめた。

スカルラットは自分の視界に展開される1と0の文章をスクロールさせて、まるごと入れ替える。それでも見ることができるのは〈エイダ〉が吐き出した情報のごくごく一部だけだ。

その甘ったるいポエムの断片を高速で読み続けるうちに、だんだんと胸焼けのようになって、吐き気を催《もよお》してきたが、しかし彼はそれに耐《た》え、

――ついに〈異世界旅行者〉の名前を知ることができた。

苺《いちご》ミルクのような淡いピンクの肌が

そこから生まれる天使の微笑みが

ほんの一瞬こちらに向くと
心臓は熱く泡立ち
わが猛《たけ》り立つものの猛り立ちはいや増し
わが魂《たましい》の昇天
ああ　ああ
この学園にただひとりの
異国の血をもつその人の名は
ああ　ああ
わが天使　わが女神のその名は

ロッサ北町《きたまち》

――これがこの瞬間、宇宙の歴史上ではじめて観測された、〈異世界旅行者〉の名前だった。

# 第二章　ファーストステップ

見られている。

でも、気がつかないふりをしていよう。

気がつかないふりをしていると思われるのは嫌だ。それでも自意識過剰の痛い女と思われるよりかは遥かにマシだ。

全身に絡《から》みつくような男の子たちの視線に、わたしは怯《おび》えて縮《ちぢ》こまる。慣れることなどできはしない。

わたしは知っている。わたしがこの中学でいちばん可愛い、いちばん綺麗な女の子だということを。

わたしは中等部の生徒だけど、いまはすこし離れた高等部に来ている。この学園の中等部と高等部は同じ敷地内にある。

わたしは校舎の一階の廊下《ろうか》を歩く。運動場に面した、放課後の廊下をわたしは歩く。運動場への出口には男子生徒たちがたむろしている。コンクリートの段や木の廊下の床にべったりと座ったり、壁や柱にもたれかかったりして、運動場からは廊下との境《さかい》の窓越しに、歩いていくわたしの姿を見ている。行く先ざきでそれまでの話し声がやみ、沈黙の中でわたしを見つめる。聞こえるのは時おりごく、と唾を飲み込む咽喉《のど》の音と、「ロッサ」「ロッサ」とわたしの名をささやき交わす声だけ。

わたしは二階への階段をあがる。

その階段の下からも、わたしを見あげている男の子がいる。踊《おど》り場にも何人かがべったりと座っていて、前を通り階段をあがっていくわたしを見つめる。

わたしの中学の制服はブレザー。その制服のスカートは短い。

わたしはさり気なく、デイパックを後ろへずり下げて、男の子たちのいやらしい視線を遮《さえぎ》った。それでも彼らの位置からだと見えるかもしれなくて、その可能性にわたしの顔は熱くなる。

そう。

わたしはわたしの姉のようにはなれない。

ビアンカのようには。


わたしはロッサ北町だ!!　ビアンカではなぁあああい!!

恥ずかしい思いをしてまで高等部へ来たのには理由があって、わたしは姉のビアンカを迎えに来たのだった。なぜ姉のビアンカを妹のわたしが迎えに行くのかというと、それはビアンカが手を引いてやらねば車に轢《ひ》かれてしまいそうなほどヌケている女の子とかそういうのではなくて、むしろビアンカはわたしの知る限り一番のしっかり者なんだけど、彼女はちょっと、探究心が強すぎる。

ビアンカはもともと頭のネジが外れかけた科学者のようなものだったけど、例の人面蛙《じんめんがえる》事件以降はぱたりと実験もやらなくなっていたんだけど、でもそれは一時的なものであってけっきょく一週間も経たないうちにリバウンドするみたいに実験に明け暮れだし、彼女の探究心はいまではそれこそ頭のネジが二、三本外れた科学者のようになってしまった。

わたしは姉が将来マッド・サイエンティストになることには反対しないしそういうことは姉の自由だと思うけれど、先月末の金曜日にちょっとした事件があって、彼女は実験に夢中になるあまり学校の生物学実験室に引き籠《こ》もり、夜の十一時すぎになっても家に帰ってこなかった。わたしはその時わたしが作った夕飯（――とっくに冷めきっている）と一緒にビアンカを待っていたけれど、彼女はいつまでたっても帰ってこないし、ケータイに電話しても出ないので、まさかとは思いながらも学校へ行ってみたら、彼女は誰もいない深夜の学校の生物学実験室で、誰かの大便を解体して、顕微鏡で観察していた。

「お姉ちゃん、それ誰の大便よぅ⁉」

「塩崎《しおざき》のよ」

塩崎というのはこの高校の生徒で、女の子のような顔立ちの男の子で、ビアンカの命令にはなんでも従う下僕《げぼく》のような人のこと。

「帰ろう、お姉ちゃん。もう日付が変わっちゃうよ」

「……わかった」

ビアンカはテキパキと実験道具を片付けて、日付が変わる頃にわたしたちは学校を出た。

「きょうのご飯はなに？」と、ビアンカ。

「カレーライスよ」と、わたし。

「わーい。なぜだかちょうど、食べたい気分だったわ」

ビアンカは実験のことなんかすっかりわすれたようにそう言って、彼女はかわりに空腹を思い出したようで、わたしの手に自分の手を伸ばして繋いで引っ張って、いつもよりすこし早足で歩いた。

……そういうちょっとした事件があって以降、放課後の部活が終わったあとに姉を迎えに行くことがわたしの日課となった。

補足しておくと、べつにビアンカがさいきん大便に執心《しゅうしん》していることが事件だとは、わたしは思わない。そんな程度のことは日常茶飯事《さはんじ》で、生まれたときからいままでの時間、ずっとビアンカの妹をやっているわたしにとっては慣れたことだ。だけど、わたしとビアンカは二人暮らしだし、いつもわたしが作ったご飯を二人で食べる時間がわたしはしあわせだし、わたしはビアンカのことが好きで好きで——たぶんこれは、もはや愛しているから——わたしはわたしの作った夕飯をぜっっっったいビアンカに食べてほしいのだ。できれば温かいうちに。

ビアンカがわたしの作った夕飯を食べてくれないことは、いまもどこかの国で発生しているであろう内戦やら暗殺やらテロやら選択できない選挙やら大挙《たいきょ》した占拠《せんきょ》なんかよりもわたしにとっては大変な事件だ。一面記事だ。トップニュースだ。

だからわたしは、毎夕姉を迎えに行く。

恥ずかしさに耐えながら上りたくない階段を上りきり、二階の廊下を進み、生物学教室のとなりの、小さな実験室の扉を開くと、いきなり人体模型の男の子とわたしは目が合って、わたしは小学生のころに再放送で観た『学校の怪談』を思い出す。いまも魂の宿《やど》っていそうな鳥の剝製《はくせい》が、ビアンカの横顔を天井近くの壁からじぃーっと見つめていて、ヒッチコックの『サイコ』を思い出す。

実験室。

なんてスリルのある空間なのだろう。

ビアンカが実験に夢中になるのに、この日常からすこしズレた環境もなにかしらの要因になっているんじゃないだろうか。……などと、何かの学者ぶったことをときに考えたりもする。

「お姉ちゃん」

とわたしが声をかけると、ピンセットで小さな何かを摘《つま》んでいたビアンカは背中をピコン、とさせてようやくわたしの存在に気づく。小動物みたいでかわいい。

「もうこんな時間か……」

ビアンカは実験道具やら観察対象やらをテキパキと片付ける。その最中に「あぁ〜疲れた」と言って目頭《めがしら》を指先でつまんだり、「肩凝《こ》ったわ〜」と言って腕をまわす運動が組み込まれていて、微妙にオッサンくさい。

だけどこの部屋の電気を切るときと、ドアに鍵を掛けるときだけは、まるで恋人と永遠に離ればなれになるような儚《はかな》さというか色気のようなものが、ビアンカの全身から水蒸気爆発のように発せられて、その一瞬に彼女がみせる完成された女性としての底知れないほどの魅力の可能性の蜃気楼《しんきろう》に、わたしはおもわず、クラり、とくるのだった。塩崎が自身の大便を差し出したのも無理はない。いや、やっぱある。

彼はいつものごとく、それをビアンカの目の前で出したのだろうか?

いやいやさすがに、そんなことはあり得ないか。

「んなっ!?」

窓ガラスごしにみえた、

部屋の隅に置かれたおまる。

初夏の斜陽《しゃよう》に晒《さら》されて、

頭《こうべ》を垂《た》れる地上のスワン。

わたしは――何も見なかったことに決めた。

「あぁー!」

となりを歩くビアンカが突然叫んだので、わたしは驚いた。

「どうしたの、お姉ちゃん」

ひょっとして、アレのなかの大便を廃棄し忘れちゃったとか。

「ノブと約束してたんだった、忘れてたー。ロッサ、今なんじ？」

違った。

「……えーっと、今はねー、六時四十分だよ」

「ぎゃあ」

ビアンカがいきなり、わたしの手を摑んで走りだすので、わたしも一緒に走りだす。ビアンカが階段でジャンプするので、わたしも一緒にジャンプする。スカートがおもいっきり翻《ひるがえ》ったけど、さいわい男の子たちはもういない。夕焼けに染められてオレンジ色の校舎のなかを二人で駆け抜けて、あっという間に学校を出て、わたしたちの家とは反対方向へ、国道を走って走って途中で路地に入ったその先の、小さな公園のとなりにお洒落《しゃれ》な家があって、ビアンカはそのインターホンを鳴らした。

「はいー」

という男の人の声がスピーカー越しに聞こえた。

家の表札《ひょうさつ》には千原《ちはら》と書かれている。

千原信忠《のぶただ》（通称ノブ）というのはわたしやビアンカの学校の先輩なんだけど、彼は未来からきた未来人なので、実際のところはずっと後輩にあたる人。

彼はわたしたちに敬語を使わないし、わたしたちも彼には敬語を使わない。はたして先に生まれたからエラいのかというと、それは文化やら宗教やらと、その時々の社会情勢に依拠するのだろう。……などと、社会学者ぶったことをときに考えたりもする。

ガチャリと開いたドアに向かって、「ごめんノブ！　遅くなっちゃった。実験に夢中になってて」と、ビアンカ。

私服で出てきたノブは「いいよいいよ。おれ、別に忙しくもなんともないし、家でごろごろとレトロゲームやってたし」と爽《さわ》やかに言う。

……彼の言うレトロゲームとは、ひょっとすると、この時代の最新のやつだったりするのかもしれない、ってわたしはひらめく。

「これが例のやつね」と言ってノブは、ちょうど携帯ゲーム機が入りそうな大きさの黄色いポーチをビアンカに手渡す。「使い方は、まぁそんなに難しくないから、自分で学んでくれ」

ビアンカは上機嫌《じょうきげん》で、「うん、わかった。こんなに小さいんだね。ありがとうね」と笑顔を返す。

用事は荷物の受け渡しだけらしくって、わたしたちはすぐにその場を去った。レトロゲームの真相を知りたい気持ちもあったけれど、それはまたの機会ということで。

別れ際《ぎわ》、ノブは「そんじゃ、また、来週な」と言ったので、そういえば今日は金曜日だなー、明日と明後日はビアンカとずっといっしょにいられるなー、やったなー、と思って、わたしは思わず「にひひひひっ」と笑いが溢《あふ》れて、ビアンカに「どうしたの?」と素《す》で突っ込まれて、「んー、なんでもないよー」と返し、内心ではしあわせな気分に浸りまくるのだった。

ところが人生、そううまくはいかない！

わたしは忘却していた！

なにをというと、宿題を！

宿題という名の、日常の象徴を！

わたしの学校には磯辺《いそべ》という、きっと、いや間違いなく、全校生徒から嫌われているであろう頭のハゲた英語の先生がいるのだが、この先生が今日の四時間目の授業の最後にプリントの束《たば》を配り始めたのだ。

ちまたの文房具屋には置いていないプロ仕様のめちゃくちゃゴツいホッチキスで留められたその宿題を配り終わったときに、磯辺は「これ、来週の月曜提出ですからね」と言い放った。

その言葉を聞いてわたしたち生徒は信じられないという顔をしたが、磯辺は教壇《きょうだん》に両手をついて、前のめりで、涎《よだれ》を垂らさんばかりにニタニタと笑っていて——まさにわたしたちのその反応こそが彼の目的、彼の希望の光だったのだと、そのときわたしは悟《さと》った。

なんであんなに性格が悪いのだろうか。

ハゲているからだろうか。

ぜったいそうだ。

きっと、剝き出しのあの頭頂部から、モテないだとか加齢臭がヤバいだとかっていうこの世の冷めた視線の光を吸収して、それを体内でルサンチマンエネルギーに変換して、それが宿題の言葉として口からげりょげりょと吐き出されてくるのだ。臭い息といっしょに。

——などという過剰妄想はいったん置いておくとして、わたしにはさっそく実害が出た。夕飯を食べ終えてしばらく経ったころ、ビアンカが「いまから天体観測行くけど、ロッサも行く？」と訊いてきたのだ。くそぅっ、なんてタイミングだ！

「お姉ちゃん、望遠鏡持ってたの？」

「さっきノブに借りたのよ」

と言ってビアンカは黄色いポーチをわたしにみせる。なるほど。ビアンカはノブから、未来の小型天体望遠鏡を借りていたのだ。

「どこでするの？」

「クジラ公園」

わたしは姉ほどまでとはいかなくとも好奇心は強い方で、未来の望遠鏡を使った天体観測にはもちろん興味があるし、それ以上に、大好きなビアンカとできるだけ一緒にいたいから、「ロッサも行くー」と言いたかった。でも、ちくしょー！　……磯辺のルサンチマンを物質化した英語の宿題の束は、今晩から手をつけないと、あとで大変なことになりそうだ。わたしはビアンカとの天体観測を、なんの役に立つのか誰も教えてはくれない〈学歴〉とかいう意味不明な概念との天秤《てんびん》にかけ、——正体不明の恐怖に駆《か》られ、なくなく、なんとなく、あきらめることにした。

「宿題がたくさんあるのー」とわたしが言うと、ビアンカは「あら、そうなの。じゃあ一人で行くわー」と、いつも通りのサバサバした返事をして、出て行った。


わたしは机に向かう。

プリントを広げ、
まったく無意味な逡巡《しゅんじゅん》をする。

――この目の前の物体を納得のいかない小説のように投げ出して壁にぶつけてしまおうか？　そうすればビアンカの背中をいまから追いかけることができるだろう。しかし現実的に考えて、わたしの学校は地域でもトップクラスの進学校だから常識的でない量の宿題を出されたとしても、それをみんながこなしてしまう。提出しない人間は圧倒的に少数派というかわたし一人で、そうなったとたん内申やら心象やらなんやらに落ちこぼれの烙印《らくいん》を押され、あっという間にドロップアウト。

つまりこいつを壁にぶつけたところで、どうにもならないのだ。

「こんにゃろー！」

わたしはプリントを全力で壁に叩きつけた。

ベチィンッという大きな音がなった。

思いのほか爽快だった。

おでん鍋の底に沈む、ゴボウの抜けたゴボ天みたいに、くたくたで、ぐでぇ〜んとした紙の束を、わたしは学校の友達なんかにはぜったいにみせない、死ぬほどめんどくさそうな風情《ふぜい》で拾い上げて、破れていないことを確認してから椅子に座り、淡々と宿題を開始した。

夏休みの宿題かよ、と思えるほどの厚みがある。


負《ふ》の感情を壁に押し付けた効果なのかはわからないけれど、今日のわたしは半年に一度クラスの集中力を発揮できて、なんと宿題は一気に片付いた。

自分はいつの間にか喉がカラカラで、おしっこもさっきからずっと我慢しているという事実に遡及《そきゅうてき》的に気がついて、机の上の置き時計をみると宿題開始から六時間半が経過していた。

わたしはキッチンに行って冷蔵庫を開けて午後の紅茶のストレートをマグカップになみなみと注いで一気に飲み干し、トイレに入って便座に座って目の前の白い壁を焦点も合わせずにぼぅっと眺めながら用をたしているときにあれ？？　そういえばビアンカはまだ帰っていないのかなぁ？　この時間はだいたいリビングのソファで猫みたいにごろごろとしながらお気に入りの科学雑誌を読んでいるのに、って思う。トイレを出てリビングを確認するが居ない。ビアンカの部屋を確認するが居ない。ので姉はやはり帰宅していない。マッドサイエンティストぎみの姉のことだから天体観測に夢中になっていることも考えられるが、観測地点のクジラ公園までは片道十五分往復三十分だからすでに六時間以上も星を眺めているのだろうか？　――ビアンカに限ってはあり得る。わたしは彼女のケータイに電話を入れるが彼女は出ない。彼女はタンクトップに薄手のカーディガンを羽織《はお》っただけで出て行ってしまったから、このまま朝まで野外にいるとさすがに初夏といえど身体が冷えて風邪をひくかもしれない。

心配だから迎えにいこう。

そう決めたわたしはシャツの上にニットソーを着て家を出てドアに鍵を掛け、申しわけ程度に電灯のついたうす暗い路地を歩きシャッターの降りたタバコ屋のかどを曲がって国道に抜けて、地域密着型のちいさな信用金庫のまえを素通りしてクジラ公園に到着。

クジラ公園は面積が五十三ヘクタールもある大規模な公園だけど、そのほとんどが森で、天体観測にむいていると考えられる場所は二箇所しかない。

わたしは第一の場所――広場に向かうが、そこに姉の姿はない。

なので第二の場所――大池《おおいけ》へと向かった。

大池の周辺には外灯がなく、猫や梟《ふくろう》のように夜目《よめ》のきかない人間として生まれたわたしは、その限られた視界を補うために、池の周囲を二足歩行で歩き回る。

足元真っ暗。

空はキラキラ。

池の水面に明度の底のラッピング。

浅いも深いも失くなったその巨大な黒の塊《かたまり》を眺めながら、わたしはここに眠る伝説を思い起こす。


クジラ公園の大池にはヌシがいる。


という噂を聞いて、幼稚園児だったころのわたしはその当時から好奇心の強かった姉に連れられてこの場所に来たことがあった。

お座りした大型犬くらいの身長のわたしと、逆立ちした大型犬くらいの身長のビアンカは、手を繋いで池の中を覗き込んだ。ヌシがそこにいないことを確認すると場所を変えてまた覗き込む。春の昼間の池の周囲には釣り人が何人かいて、やることがない彼らはわたしたち姉妹のことをぼうっと眺めていたから、その瞬間のわたしたちはこの社会にとって、電車の窓から見える景色のようなものだったと思う。そういう意味では子供というのはただ存在しているだけで社会の役に立っているわけで、子供のいない世界というのは、きっと、地下鉄のなかの暗闇と同じなのだろう。……などと、テレビで人気の教育評論家が言いそうなことをときに考えたりもする。

ヌシが現れる気配《けはい》など微塵《みじん》もないにもかかわらず、根気の強いビアンカはわたしの手を握ったまま、頑《かたく》なに池から離れようとはしなかった。

やがて日が暮れて釣り人たちは家に帰りそこにはわたしたち二人だけになった。小学一年のビアンカはどの大人よりも忍耐《にんたい》強く大物を待ち続けていたのだ。しかし腹ペコのわたしのお腹がきゅぅーと小さな悲鳴を上げた。

それを聴いたビアンカはわたしに「帰ろう」とだけ言ってようやく池に背をむけた。わたしはそれがとても嬉しかった。ビアンカはこの場でまだまだ粘りたかったはずなのだ。でもわたしのために、彼女はそれを放棄してくれたのだ。

その時だった。

まだ池を向いたままのわたしの視界いっぱいに巨大な何かが蠢《うごめ》いた。わたしのすぐ目の前で影が浮かび上がり——わたしは絶句する。信じられないことにその魚影はまるでクジラのものだった！

わたしはビアンカの背中に「おねーちん！」と叫び、ビアンカがこっちを振り向くと同時にわたしも池を振り返って、「こーれー！」と言いながら池を指で差したが、巨大な影は波紋すら残さず、すでにそこから消えていた。

人の記憶なんてものは新本格ミステリの語り部《べ》のように信頼性がないし、今となってはあれが現実なのか白昼《はくちゅう》夢だったのかは区別がつかない——というのが客観的なわたしの分析。

でも、クジラやそれに類するものが釣り針にかかったという話は聞かないし、そもそもセメントで固められた人工の池にそれほど巨大な生き物が生息できるほどの深さなんてないだろうから、やはりあれは夢なのだ。

あんな現実は存在しない。


そらそうよ。

そんなことを考えてるうちに現在のわたしは池を一周し終えたが、けっきょく、ビアンカに会うことはできなかった。入れ違ったのだろうか？　わたしが広場に行ってる間に池にいたビアンカが出口へ向かった可能性もあるし、わたしが国道を歩いている間にそれと平行する路地裏からビアンカが帰宅した可能性もある。

とにかくビアンカは帰宅しているだろうと思ってわたしは自宅にすっ飛ぶ。

しかし姉はそこにいなかった。


ちゅる、ちゅちゅちゅちゅるる……小鳥の鳴き声で目が覚める。

朝の真っ白な光が部屋へと差し込みわたしの全身を包みこむ。

『人は太陽光を浴びることで、ビタミンDを生成することができるのよ。体内のコレステロールが紫外線に光反応することでそうなるわけだけど、ガラスはこれに必要な紫外線をカットするから、ガラス越しじゃ、人はビタミンDを作れないの』ってビアンカがまえに言っていたけど、その日一日の気力くらいは生成されるとわたしは思う。あったか〜い。

昨日のわたしはけっきょくあの後ビアンカのケータイに三回コールして、「どこにいるの?」とメッセージを送ったあとリビングでひたすら姉を待ち続けて、いつの間にか寝落ちしたらしい。

わたしはソファから身体を起こすとすぐにビアンカの部屋へと向かい、ノックもなしにドアを開けて彼女がまだ帰っていないことを確認すると、リビングに戻ってテーブルに置きっぱのケータイを手に取り連絡が入っていないことを知り——ぼんやりしていた思考が急速にはっきりと覚醒《かくせい》する。

警鐘《けいしょう》。

警鐘。

異常事態発生。

ビアンカが連絡もなしに外泊することなんてなんだかんだでこれまで一度もなかったし、ましてや昨日の彼女は天体観測を目的として家を出たわけで、朝になって星が消えてもまだ帰ってこないという状況は、あきらかに彼女にとっての、イレギュラーの発生を意味している。

わたしはビアンカにいったいなにがあったのだろうと考える。でも、こういうとき人が最初に思いつくのは大抵《たいてい》、もっとも嫌な可能性だ。——彼女は攫《さら》われたのだろうか?

暗い大池の周辺で、あるいは人気《ひとけ》の少ない路地裏で、黒のバンから降りてきた頭のラリった男たちに羽交《はが》い締めにされ、声の出ないように口を塞がれ、車内に無理やり引きずり込まれ抵抗すると顔を殴られ服をめちゃくちゃに破られカメラを回され両足を開かされ叫び声は闇に溶け込み世界は平和の顔をしたまま彼女の心がいくらズタボロになろうとそんなことには関心がなくて涙が涸《か》れて全身が汚れて自尊心は崩壊しゴミのような気分になって頭が痛くて吐き気が止まらなくて

——いやいやいやいや。そんなことはあり得ない。

なんてことは、言い切れないぞ。

なにしろビアンカは、
その妹ですら恋しちゃうくらいの美少女なのだから——。

いまこの瞬間泣いてる姉がいるかもしれない。
いまこの瞬間泣かせている人間がいるかもしれない。
殺してやる！
殺してやる！

わたしはいつの間にか包丁を力いっぱい握って振り回している、あぶない危険だ、わたし、あぶない落ち着け落ち着け！

……警察だ。

とにかく手入れの行き届いたこの文化包丁から手を離していますぐ警察へ届け出よう。それが法治《ほうち》国家の一国民としての正しい行動に違いないでしょ？？　そうでしょう？

わたしは家の近くの交番に駆け込むが、そこにいた警官三名は泣きそうなほど必死なわたしのことをそろって鼻であしらう。それってただの家出だよねえ？　我々は税金もらって仕事してんのよ。いまから交通違反を取り締まらないといけないの。ただの家出じゃさすがに動けないわあ。事件性がないとねえ……うんぬん。探偵小説に出てくる警官みたいにつかえないし、わたしは法治国家に失望する。

「これじゃあ放置国家じゃんかぁああああああ」とわたしはキレて道路の真ん中で叫ぶ。するとさっきの交番から国に忠誠を誓った顔の仕事モードの警官二人が飛び出してきたのでわたしは全力で逃走する。

警官を撒《ま》いたあとも無駄に一キロほど全力疾走《しっそう》したビビリのわたしは人のいないバス停

のベンチに腰をおろして、自分の足とその靴にギリギリ踏まれなかった九死に一生のアリんこの背中を見つめて、はぁはぁと肩で息をしながらこれからのことを考える。

国家権力はあてにならない、むしろ敵だ。わたしは誰かや何かに頼ることなく自分で姉の行方を自分の頭と身体を働かせて探さなければならないのだ。

わたしはいまから私立探偵だ。

いや、そんなに立派なものじゃない。

私的探偵だ。

わたしのミッションは消えたビアンカを見つけること。報酬は要らない。ただわたしの作った夕飯をおいしそうに食べる姿を――ビアンカ、わたしに見せて！


わたしはお昼のクジラ公園に参上。

公園の管理人に会うためプレハブみたいな事務所を尋ねる。

管理人の男は背が低く髪も短く中学生のような風貌《ふうぼう》をしていて、でも顔だけは年齢がそのまま出ているみたいで異様に老けて見えてすこし気味が悪い。推定年齢四十九歳。

クジラ公園の出入り口には防犯カメラが設置されている。

ということをわたしはバス停で思い出した。だから管理人に事情を話したうえで「記録をみせてもらえませんか？」とお願いする。

わたしが真剣に話している間、その内容の聞き手として不相応なへらへら笑顔を張り付けていた管理人は、わたしのお願いをなぜだかすんなり承諾してくれない。——なぜ？　すぐ目の前の机にモニターと機材が置かれているのに。

管理人の男はぼそぼそと何かを言う。パンがどうたらこうたら……意味わかんない。まさかこの人外国人？　——のようにはみえないけれど。

よく聞き取れない、という反応をわたしがみせると、彼はもう一度繰り返して、わたしはようやくその内容を汲《く》み取れる。

『パンツがみたい』

は？？

『きみのパンツを見せてくれたら、記録を見せてあげるよ』

などということを、どうやらこの男は主張（交渉？）しているらしい。

とたん、わたしの胸のなかで呆《あき》れと怒りと悲しみと混乱がいっぱいになって肺を圧迫し、急に呼吸がしづらく浅く速くなる。

……バッカみたい。

こんなヤツの相手はしてられない、と思ってわたしはその瞬間から目の前の男のことをこの地球上から居ないことにして無言で事務所を出ようとする。

でもその安っぽいドアノブに手を掛けたとき、わたしの脳裏にはラリった男たちにレイプされて泣いているビアンカの映像が浮かんで、わたしははっと踏みとどまる。

そうだ。お姉ちゃんはもっと酷い目にあっているかもしれないんだ。

ここにある記録を調べれば、ビアンカが公園に入ったのか、入ったとしていつ出たのかの手がかりが摑める。これほど大きな手がかりが、ここ以外の何処《どこ》にあるというのか？


わたしは決心して振り返った。

——管理人の男と目が合った。

わたしは「パンツ見せたら、記録を見せてくれるんですよね？」と念を押す。

——男はカートゥーンみたいに高い声で「いいよォ」と言う。ほんとうに気持ちが悪い。

わたしはスカートの裾を手でつかむ。

——男の視線はわたしの太ももに釘付《くぎづ》けになる。

わたしはいま、淡いピンクのやつをはいている。

どうして男は、こんなものを見たがるのだろうか。
——男の荒い鼻息がここまで聞こえてくる。
わたしは男の目を見据《みす》えたまま、
すこし落ち着こうとおもって深呼吸をして、そして、
震える手でスカートの裾をゆっくりと持ち上げて……
——男の頬は左右に広がり、黄色くばらばらに並んだ歯が見えた。

ニタァアッ。

「いやっ」
わたしは思わずスカートから手を離す。さいごのさいごのところで踏み越えられない自分がいた。
それは決心がつかないとかそういう次元の話ではなく、重度のアレルギーや恐怖症のようなもので、わたしは急に高熱を出したみたいになって、吐き気に襲われ視界がぐにゃぐにゃと歪《ゆが》み、三半規管《さんはんきかん》が重力のグリップを手放したので、思わずそばにあったデスクに手をつきうなだれた。

まるで全神経系の物理的な拒絶反応だった。

男にパンツをみせることなんて不可能だ。わたしには死んだってできやしない、と理解する。

ビアンカならやれたと思う。彼女はそういうことは平気だから。

それに彼女は目的のためなら手段を選ばない。

でも、わたしにはできないのだ。わたしは姉を助けることができない。ごめんねビアンカ。わたしは自分の弱さに失望して、涙が溢れそうになった。


だが泣いたのは目のまえの成人男性だった。


「みぃいいせぇええろぉぉよぉぉぉぉおおおおおおおッ！」

拡声器でも通したみたいな、ヒビ割れた怒号《どごう》。哀情やら怨嗟《えんさ》やら大量の唾やらがわたしの顔にバババッと一斉に飛んでくるし、さすがに身の危険を感じたわたしは瞬時にとととと三歩ほどあとずさるが、そいつは逆効果だった。男は獲物に逃げられそうな肉食獣の反応で室内とは思えない速度で机に載った書類やらパイプ椅子やらを蹴散《けち》らしながらこっちに向かって一直線に走ってくるではないかこわいこわいこわいこわい！

「きゃあぁあああぁー！」

と叫んでわたしはすぐ傍《そば》にあった分厚いバインダーを盾にする。そこに男が衝突して、それでも男は足を止めずに進み続け、わたしの身体は自分の足にコロコロがついているのかと思えるくらいするするとスムーズに、壁際まで追いつめられて入口のドアが背中にどんっとぶつかり、あっという間に全身がサンドイッチ。

まずい、このドアは引かなければ開けられないやつだまずいまずいまずい押し返すことなんてできないどころか身動き一つできない胸くるしい、と思ったときに、入口とは反対側にあるもう一枚のぺらっぺらのドアがばーんと勢い良く開いた。

奥の部屋から別の男が出てきた。

推定年齢三十六歳のそのナイスガイは「なにやってんすか伊賀《いが》さん!」と言って暴走した管理人をわたしから引き剝がす。——助かった。

と思って油断したわたしはそのとき太ももに違和感を覚える。「え! なに?」視線を自分の下半身へとむけてみれば——野獣みたいな男の執念の手が——その指先が——わたしのスカートの端を摘んでいて——男はまるでカツオの一本釣りのようにその腕を振り上げ——わたしの淡いピンクのパンツは完全に——

羞恥《しゅうち》の念に全身全霊を支配されたわたしは、悲鳴を上げようとしたけれど——上げそこねて、気を失った。

「……大丈夫ですか、大丈夫ですか」

肩を軽くぽんぽんと叩かれた衝撃で、わたしは目をさます。

わたしを助けてくれた男の顔が目の前にあって、その背景に天井が見える。

わたしは仰向けにひっくり返っていた。

「すいませんね……立てますか？」

私を助けてくれた男はわたしに手を差し出す。わたしはその手を取って立ち上がりながら思う。——わたしはほんと、エッチなことだけは苦手なのだ。そのことだけはビアンカと決定的に違っている。

いったい、この床で何秒間目をとじていたのだろう？

気を失うって怖いなぁ。

気を失うと、その間は何も考えることができないのだ。

当然だけど。

わたしはさっきの暴走した管理人がどこにいるのだろうと思って警戒心から部屋を見渡してみるけど、男はもういなくなっていた。

「彼には巡回業務にいってもらいましたよ。……お怪我《けが》はありませんか？」

と男は言う。彼もどうやら管理人の一人らしくて、首からストラップ付きの名札を下げていてそこには『飯田《いいだ》』と書かれていた。

「大丈夫です」

とわたしは答えるものの、いまだにアドレナリンが全身を巡って指先が震えていた。

飯田は苦い顔をして、「彼、ちょっとアレなんですよ……」とわたしに言う。

アレな人を子供たちが群れる公園に放って大丈夫なのか、とわたしは心配する。でもそんなことを言えばアレな人は家に引き籠もるしかなくなるなぁとも思う。

飯田は床に転がったパイプ椅子をもとに戻し、「どうぞかけといてください。お茶淹《い》れてきますんで」と言って奥の部屋にはいった。

湯のみに入った薄い玄米茶を飲んでわたしが一息ついたころ、「どうしてここへ？」と飯田が訊いてきたから、わたしはこれはチャンスだと思って事情を話し、防犯カメラの記録を見せてほしいとお願いしてみる。

すると飯田はパンツを要求することもなく「そういうことなら全然いいですよ」とすんなり了承して、わたしのために機材を操作してくれる。なんて良識のある人なのだろう！

この国の市民は、きっと世界でいちばん素晴らしい！

などと、自称愛国者みたいなセリフが脳内を流れたりもする。

「きのうの夜の何時ごろですか？」

「えーっと……七時五十分あたりからお願いします」

パチパチパチパチと固そうなクリック音がなって、公園の入口の録画映像がモニターに映し出される。

しばらく早送りにして眺めていると、画面の中央をビアンカが横切るのが一瞬みえて、わたしは思わず「あっ」と声に出す。

「今、誰か通りましたね。妙な動きで」

と飯田は言って、映像を一度戻して通常再生にして観てみると、やはり公園に入るビアンカが写っていた。彼女はこれから天体観測だということで相当に舞い上がっているらしく、夜の誰もいない公園のなかを、自分が女子高生という社会的地位にあることを忘却し、両手をふわ〜んふわ〜んさせながら子供みたいにスキップしていて、ここでいま他人にその姿をみられているということが、わたしは、猛烈に、恥ずかしい。

「……この人ですか？」

「はい、姉です……」

「どうやらお姉さんは広場のほうに、スキップで向かったみたいですね」

「はい、わたしの姉です……」

スキップを強調しないでほしい。

公園に入って左に曲がれば広場、右に曲がれば大池に行くことができる。ビアンカはルンルンで左に曲がっていった。

「このまま早送りで観てみましょう。お姉さんが、何時にスキップで公園を出たかがわかります」

それから数十分かけてわたしたちは映像を観続ける。

ところが二度目のビアンカはなかなか現れない。

いつ来るだろうかと、わたしは一瞬も目を離さず画面を見続けていたけれど、ついには画面の中にきのうのわたしが映しだされてしまう。

「おかしいですね……」と、飯田が独り言のように呟く。


ビアンカはきのうの夜、公園に入ったが出なかった。


「広場のほうにもカメラはあるので、そっちの記録を観てみましょう」

と飯田が言ってファイルを切り替える。

広場の真ん中には時計台があって、そこからの映像になる。

遠くのほうですこし小さいものの、ビアンカはちゃんとカメラに収まっていた。

黄色い外灯が彼女の姿を照らしている。広場には時計台のほかに何もなく、ただ薄い芝《しば》生《ふ》が広がっているだけだ。

ビアンカ以外に人は映っていない。彼女はポケットからポーチを取り出す。未来の小型天体望遠鏡を双眼鏡みたいに手で持って空を見上げる。星を追いかけ全身をぐるりとまわす。しばらくして立っていることに疲れてきたのか、今度は座って空を観る。そこからまたしばらくして、望遠鏡を目から離してゆっくりと下ろし、彼女はふと

消える。

「「あれ？」」

同時に声が出た。

なんの前触れもなく、カメラに映っていたビアンカの姿は消失した。

彼女は画面外には出ていない。

移動してもいない。

それどころか、立ち上がる素振《そぶ》りすらみせていない。

まるで映像を飛ばしたように見えたけど、飯田もわたしもパソコンを操作していないからそれはない。

通常再生にして、もう一度その瞬間の映像を観る。

――ビアンカは消える。

こんどはスロー再生にして、その瞬間の映像を観る。

――やはりビアンカは消える。

座って星を眺めていた彼女は、小さな天体望遠鏡を顔から離し、ゆっくりとその手を下

げた瞬間に、宇宙空間に放り出されたロウソクの火のように、すっ、と消滅する。

それを目撃したわたしたちは黙りこむ。

やがて、しばらく考えこんでいた飯田が、これしかない結論がないかのように話す。

「どうやら、機材の調子が悪いみたいですね。カメラが悪いのか、ハードディスクがおかしいのか、あるいは、この動画再生のアプリケーションにバグがある可能性もあります」

ビアンカがほんとうに消えたわけがないから、彼女が消えたようにみえるような何らかの問題が機材に発生している……。

彼が出した結論はこれ以上ないってくらいに現実的なものだとわたしは思う。


だけどなにかが引っかかる。


わたしはその瞬間よりあとの映像も確認した。

動画か静止画かが判断つきにくいような、ビアンカの映っていない風景がえんえんと続いて、画面の隅っこの時間のカウントだけは正確に進行していく。やがて太陽がのぼり始めて明るくなってきて、わたしはなんとなく確信する。——やはりわたしたちが今観ているこれは、動画データとして、なんの問題もないのではないか？

ここにある機材は、カメラが彼女を映さなかったわけではなく、データが破損したわけでもなく、動画プレイヤーがシーンを飛ばしたわけでもなく——

人が一人消えた瞬間を当然に記録しているだけではないか？

「お力になれず申し訳ない」と言う飯田に礼を言って、わたしは事務所をあとにする。長時間モニターを眺めていたせいで首のまわりが痛いし、空からはもう、青の成分が抜け始めていた。

ケータイを確認してみるけど、やっぱりビアンカからの連絡はない。わたしは公園を出て、ノブの電話をコールしながら国道を進む。家に帰るつもりはなくて、これから自分の学校に向かう。その理由は——

「もしもし」

ノブが電話に出た。

「ノブ、お願いがあるんだけど」

「え。なになに？」

「タイムマシン《TST》を貸してほしいの」

「――そいつは唐突《とうとつ》だなあ」

「お願い」

「とりあえず、話をきくよ。なぜ必要なんだい？」

わたしはビアンカが消失したことをノブに話した。

きのうの夜にビアンカの身に何かが起こった。

その時間にその場所へ行けば何かが解《わか》るはずだ。

話を聴き終えてからすこしの間「うーん……」と唸《うな》っていたノブは、やがて決断をしたようで「かまわない！　そういうことなら致し方無い」と言った。

「ありがとう」

「ロッサ、ＴＳＴがどこにあるかは知っているよね？」

「知ってるよ、高校でしょ」

「そう。いまから行くのかい？」

「もう着いたよ」

「え」

わたしは電話を切った。

校門を通って校舎に入ってソフトテニス部の生徒たちがたむろする中庭を通り抜けて一階の廊下を歩き、誰もいない階段を安心しながら一段とばしで上って上って生物学実験室のある二階を通りすぎて最上階の四階に着いても、そこからさらに階段を上って普通は踏み込まないその場所へ――わたしは重い鉄扉《てっぴ》を開けて、屋上に出る。

正面に夕日が見えた。

世界をオレンジに染めるその球体は屋上の床に転がっているようで、いますぐ向こうの端までいけば蹴っ飛ばせそうな気がした。

ファンの止まった室外機が十数台、規則正しく整列して、まるで何かの相談をしながら、人の住む街を見下ろしている。

わたしは屋上を歩く。

そこにＴＳＴが堂々と置かれている。

夕日を背負って巨大なシルエットになっている。

未来から来たこの乗り物には〈ウブメ効果〉というものが備わっていて、普段は誰も、ここにタイムマシンがあるということに気がつかない。いまわたしの目にこれが映っているのは、ノブが遠隔操作で〈ウブメ効果〉を解《と》いてくれたからだ。

この時代に存在しない技術が詰まったその黒い影を、わたしはパンドラの箱のように感じる。

それに触れる。

冷たい、金属の感触がする。

――その時代に存在しないはずのものに触れた時、その者の人生が狂わないことなんて、ありえるだろうか？

そんな考えが一瞬頭をよぎる。

けれどわたしはもはや一度も足を止めてはならないと、止めればきっと再び踏み出すことができなくなると思っていっさいの躊躇《ちゅうちょ》を捨てて、そのドアを開けて中に乗り込む。

こないだの人面蛙事件のときに、わたしはビアンカとノブと塩崎と一緒にこのマシンに乗って未来へ行った。そのときわたしはノブがこのマシンを操作するのを彼のすぐ後ろから見ていて、こっそりと動かし方を学んでいた。きっとあのとき、ビアンカもそうしていたと思う。彼女の目はノブの挙動のすべてを追っていたから。わたしたちは似ていない部分も多いけど、それでもやっぱり姉妹なのだ。

さあ、きのうのお姉ちゃんに会いに行こう。

と思ったときにスカートのポケットのなかでケータイが鳴って、何事《なにごと》かと思えばノブからだった。わたしは必要なデータを入力しながら電話にでる。

「きみ、ＴＳＴの動かしかた知らないだろ？」

「知ってるよ」

「え、うそ、どこで……って、あのときか！　……またやられた！　うーん、やっぱりきみたちは姉妹だなあ」

「まえにもそんなことあったの？」

「あったんだよ。っていまはそんなことはどうでもいい。おれもいまからそっちに行くから、そこですこし待っていてくれないか？」

「待てないよ」

「え、なんで？」

「わたし、急いでるの」

スピーカーのむこうから、ふぅーっと、息をはく音が聞こえた。

「おいおい……急ぐ必要なんてないぜ？　だって、過去はすでに過ぎ去ったものであって、これから過ぎ去るものではないんだから。いつ行っても間に合わないなんてことは、ないんだ」

「うん、わかってる」

「それじゃあ、そこで――」

「それでもわたし、待てないの」

ノブは三秒無言になって、「……おーけい、わかったよ。きみがそこまで言うのなら、おれはその意見を尊重しよう。だがせめて、この話だけでも聞いてくれ。ＴＳＴを使うにあたって、とてもとても重要なことを、きみに話しておく必要があるんだ――」

この長ったらしい前置きを聞いている間に、わたしはデータを入力し終えてしまった。

ノブは肝心なところで話が長いのだ。

「忠告というよりは……まぁ、警告だな。これをしっかり、きっちり守らなければ、ロッサ、きみはおそらく、というかほぼ確実に――これはある意味、保証したっていいくらいだが、きっときっと、死んでしまうことにな」

そこで急に、電話が途切れた。

わたしはきのうに飛んだのだ。


土曜の午後六時三十五分から金曜の午後六時四十五分へ――わたしは二十三時間と五十分の時間を逆行した。

ＴＳＴを降りて屋上に出ると、さっきまで足元を転がっていた太陽はより赤みを増して遠くのビルの向こうに隠れ始めていた。

こっちの時間で三分ほどまえにこっちのわたしとビアンカは手を繋いで一緒に校舎を飛

び出したはずだ。

今ごろノブの家に向かっているしノブの家はわたしたちの家とは反対方向だから、わたしはこの時間のわたしと道でばったり会うということもないだろう。

安全安全。

わたしはいつもの通学路を使って自分の家へと向かった。


自宅のまえに到着すると、わたしは玄関を見張れる場所を探す。

すぐに見つかる。

家の斜め向かいのT字路の角はシラカシの生け垣《がき》になっていて、そこに身体をピタリとくっつけていればその隙間から家の玄関を見ることができる。向こうからこちらに気がつくこともたぶんない。

さて──、
とわたしは一呼吸。これから一時間ほどわたしはこの場所に隠れて天体観測に出発するビアンカを待たなくてはならなくて、たっぷり時間はあるんだけれど、なにか準備しておくことはないだろうか？　──そこまで考えて、すぐに一つ思い当たる。わたしはいま半袖のTシャツに薄いシースルーのカーディガンを羽織った昼間の格好をしているけど、これじゃあ夜になると寒いからもう一枚何か羽織るものがあったほうがいい。

わたしは腕時計を見る。──過去のわたしがビアンカとともにニヤけながら帰ってくるにはまだ時間がある。いますぐ家に取りにいけば鉢合《はちあ》わせはしないはず。

そう考えたとたん、わたしは姉ゆずりの思い切りの良さを発揮して生け垣の陰から飛び出し玄関の鍵を開けて中に入り、その鍵をクセで内側から掛けて靴を脱ぎリビングを抜けて階段を上がって、自分の部屋に侵入。

……自分の家なのに、なんだかどきどきする。

洋服ダンスを開けてニットソーを手にして——いや待てよ、っとわたしは一時停止。ニットソーは夜になるとわたしが使うことになるから、これを持っていくわけにはいかない。もしここでわたしが持っていってしまえば辻褄《つじつま》が合わなくなってしまう。

——辻褄が合わなくなる？

果たしてそんなことってあるのだろうか？

という疑問が、わたしの頭に浮かぶ。

もしかしたらここでこのわたしがニットソーを持っていったとしても、過去のわたしが手にするまでに、このタンスのなかにそれが戻るような事象が発生したりなんかして、やはり辻褄は合うことになるかもしれない。

そもそも、過去が改変されることなんてあるのだろうか？

——わからない。

わからないけどもし改変できるのだとしたら、それは無闇にやってはいけないような気がする。きっとかなりの危険行為だ。わたしは普通の中学生であって、世界とか歴史とかに影響を与える〈機関〉とか〈マッドサイエンティスト〉のようなことはしたくない。

なので。

わたしはニットソーをタンスに戻し、奥の方にしまってあった薄手の黒のコートを引っ張りだした。

去年ビアンカにもらったやつだ。

それを羽織る。

袖《そで》が長くて手が隠れて、指の先っちょしか出ない。

『他にも必要なものはあるかな？』とわたしの悠長な人格が部屋の真ん中でぼーっと一瞬考えるけれど、わたしのしっかり者の人格が『そんなに時間はないのだからさっさとここを出ようぜ』とわたしの足の歩みを促す。

部屋を一歩出たところで、わたしの直感の鋭い人格が『いま、声がしなかった？』と言うから、なんのことだろうと思ったわたしは廊下の窓から家の前を見下ろして——そして仰天。

過去のわたしとビアンカが、もう家のまえにいるではないか！


思ったよりも早かった！

わたしは頭が真っ白になりそうになって、なっている場合じゃないと思って、階段を転がるように駆け下りる。玄関に脱いである靴を手に取ると目の前のドアにガガッと鍵が差し込まれる音が聞こえて、ぎゃあ、と心のなかで叫んでそれが思わず口から出そうになるもなんとかとどめて、靴を手に持ったまま、宅配が来たときの家猫《いえねこ》の対応のように、一目《いちもく》散《さん》にドアから離れ過去のわたしとビアンカが家に入ってくるぎりぎりのタイミングで階段を上りきって、わたしは二階に引き返す。

——どうしよう！　どうしよう！

下の階では過去のわたしとビアンカが何も知らずに靴を脱いでリビングに入って楽しくお喋《しゃべ》りしている。

わたしはこれからの最善の行動を考えるがまっっったく思い浮かばない。とりあえず靴を取りに行ったことだけは正しかったはずだ。いまから脱ぐはずの靴が、すでにそこに置かれてあったら、過去のわたしはきっと混乱しただろう。

逆に最悪の行動は過去のわたしたちと鉢合わせすることだ。

特に、自分と会うことだけは絶対にやってはいけない気がする。

下の階からこのわたしの苦悩を知らない過去のわたしのお気楽な笑い声が聞こえてくる。

——なにが楽しいのだ⁉

笑うな！

と、わたしは過去のわたしを一喝《いっかつ》したい気分になるが、その怒りは階段を上がってくる誰かの足音で瞬時に冷却されて、わたしは顔を真っ青にして自分の部屋に飛び込む。

だがそれは判断ミスだった。

なぜなら二階に上がってきたのは過去のわたしなので、彼女は当然いまわたしのいるこの部屋にやってくるのだ。——ビアンカの部屋に行けば良かった！

大ピンチ！


無情にも、過去のわたしは何も知らずに、目の前のドアをばーんと開く——。


彼女は一歩二歩三歩と躊躇なく部屋に踏み込み、デイパックを机の上に置いて、着替えを始める。あんまり上手くない鼻歌を歌っている。

これから夕飯の支《し》度《たく》をして、それをビアンカと二人で食べる時間がやってくるわけで、まさに彼女は幸せの絶頂である。

さて、未来から来たこのわたしはというと、ベッドと壁の隙間に挟まり、両手両足をシャキーンと伸ばした妙な体勢でコチンコチンになっている。

ドタバタと緊張で息が変に上がっているから、わたしは呼吸音が過去のわたしに聞こえないよう、口を大きく開けてゆっくりと息をする。

その距離はわずか一メートル五十センチ。

……冷や汗がたらり。

こんなときに限って嫌なことを思いつく。

——ひょっとして。

ノブはさっき電話越しに『きみは死ぬことになる』って、たぶん言ったと思うんだけど、それは、過去の自分に会うことによって、そうなるのだろうか？　——原理はぜんぜんわかんないけど。

ほら、ドッペルゲンガーに会えば死ぬって言うじゃない？

その場合、過去のわたしが死ぬのだろうか？　それとも、このわたしが死ぬのだろうか？

——って、どっちにしろこのわたしは死ぬではないか！

そんなぞっとするようなことを考えながら、永遠とも思える過去のわたしの着替えが終わるのを待って、彼女が部屋を出て行って階段を下りるとたとたという音を聴いて、やっとわたしはベッドと壁の隙間から顔を出した。

「ぷはーっ！」

死ぬかと思った。ほんとうに。


なんとか大ピンチは凌《しの》いだものの、このわたしがこの時間へきた目的は天体観測へ行くビアンカの追跡であって、そのためにはこの家を出なければならないのだけど、この二階から玄関に行くためには過去のわたしが居るリビングを絶対に通らなければならないので、わたしは依然、ピンチである。

過去のわたしがこのわたしの逃走経路から外れる瞬間はあるだろうかと考えて、一つだけ思い浮かぶが、それは宿題をやった後にトイレに行ったあのときで、それだとビアンカが出発してから何時間も経っているので全然間に合わない――。

そこまで考えたとき、

また部屋の外から誰かが階段を上ってくる足音が聞こえたので、またわたしは猫のような警戒心と俊敏《しゅんびん》さでもって両手をシャキーンと伸ばしてベッドと壁の隙間に（服は脱がないけれど）ルパンダイブ。

……はみ出した右足をしゅっと収納。

息を潜める。

部屋のドアが開いたけれど――それはとなりの部屋だった。

いま上がってきたのはビアンカだったのだ。

壁越しに制服を脱ぐ音が聴こえる。

彼女の着替えが終わって一階に下りていくのをいちおう待ってから、わたしはまた「ぷはーっ！」と顔を出して不足気味な酸素を一気に補給して――あることを閃く。

そういや、ビアンカがもう一度この二階に上がってくることってあっただろうか？

なかったはずだ。

彼女はもう私服に着替えたし、上着は持っていかないし、未来の小型天体望遠鏡は食事の間テーブルの上に置かれていた。

ご飯を食べてしばらくしたら、そのまま家を出て行ったはずだ。

過去のわたしはそのあとすぐに、宿題にとりかかったはずだ。

ということは、いったんビアンカの部屋に隠れて、過去のわたしが宿題をやりに上がってくるのを待てば、わたしはわたしと鉢合わせすることなく家を脱出し、すぐにビアンカを追いかけることができる。——冴《さ》えてるぞ、わたし！

というわけで。

わたしはビアンカの部屋に入って過去のわたしたちが食事を終えるのを待った。


玄関のドアの閉じる音がかすかに聴こえた。

いま、ビアンカが出て行ったのだ。

わたしはうずうずしながら過去のわたしが上がってくるのを待つ。

しばらくして過去のわたしが二階に上がってきて、自分の部屋に入った。

……いまだ！

いちおうビアンカのベッドと壁の隙間に隠れていたわたしはそこから「ぷはーっ！」と

顔を出し、そろりそろりと忍《しの》び足で部屋のドアを目指す。――ドアノブに手をかけた、そのとき、

ベチィンッ！

という大きな音がすぐ傍で弾《はじ》けた。死ぬほど驚いたわたしは天井に吊ってあるシーリングライトに頭をぶつけそうなくらい飛び跳ねた。からだじゅうの汗腺《かんせん》からぶわぁっと一気に汗が噴き出し、今この瞬間短距離走を終えたみたいに息が上がって顔真っ青。

心臓が止まるかと思った。

となりの部屋で過去のわたしが、こちら側の壁に向かって宿題のプリントを投げつけたのだ。

☽

家を脱出したわたしは走ってすぐに夜の国道に出る。

空気が屋内よりも冷たくてきもちがいい。

この国道は最近できたばかりで、アスファルトが真っ黒でぴかぴかで車線や「止まれ」の文字も真っ白でぴかぴかで道幅が広くて歩道も広くて歩き心地がいい。

等間隔に並んだ背の高い街灯が混じりけのない橙《だいだい》色《いろ》の光を路面に落としている。ずぅー

っと向こうまで続くその光景は——まるで夜の空港みたい。

昼間は多い交通量がこの時間になると極端に減って、いまはわたしの貸し切り状態。

ビアンカの姿が遠くの方にも見当たらないから、わたしはいまから飛び立つ飛行機のようにその道を駆け抜けた。

なんだかここのところ、走りっぱなしな気がするなあ。


地域密着型の信用金庫の前を通ってもうすぐ公園だ、というところで突然「ロッサ」と名を呼ばれてわたしの足は急ブレーキ。心が瞬時にざわついた。

振り返ると路地のなかからビアンカが出てきた。

彼女は路地裏を通って公園を目指していたのだ。

ビアンカだ。

ビアンカだ。

「わたしを追いかけてきたの？」とビアンカはわたしをみて驚いたように言う。ずいぶんと久しぶりに話しかけられた気がして、わたしは急に胸がいっぱいになって、泣きそうになる。

「うん、追いかけてきたんだよ」

ってわたしはビアンカに言った。「――走って、追いかけてきたの」

未来から。

ビアンカはいつものように微笑んで「じゃあ、一緒にいこう」って言ってわたしに手を差し伸べる。わたしの手はそれに吸い寄せられる。わたしたちは手を繋ぐ。

ビアンカの手はひんやり冷たい。

その冷たい手がわたしは好き。

わたしたちは誰もいない夜の道を同じテンポで並んで歩く。いままでずっとこうしてきたから、足を紐《ひも》で結ばなくとも二人三脚が自然とできちゃう。足だけじゃなくて、わたしたち二人は身体の上から下まで、心の表面から深層まで――何もかもが――見えない紐のようなものでぎゅっと固く結ばれているに違いない。

もちろん、性格や趣味に多少の違いはあるけれど。

でもきっと。

わたしたち二人は前世や前前世や来世や来来世も姉妹なのだ。

って、わたしは勝手にそう思っている。

そういう希望。

気がつけばわたしたちは公園の入口を通って道の分岐のまえにいる。

「広場にいこう」とビアンカは言ってわたしの手を引き、わたしたちは左手に曲がって、ランバリットの石畳のうえを——真っ暗闇のなかを——満天の星々のしたを——すこし未来のその手前を——怖いものなど何もないかのように腕を振って、足を上げて、突き進む。

そしてわたしは気がついた。

防犯カメラの前をわたしたちは手を繋いで通ってしまった。

わたしの知る未来と過去であるこの現在に矛盾を生んでしまった。

過去が改変された。

向こうにライトアップされた時計台が見えて、わたしとビアンカは広場にたどり着く。

足の裏に伝わる感触が石畳の固いものから芝生と土の柔らかいものに変わる。

わたしとビアンカは時計台の脇を抜けて奥の方へ、森のすこし手前あたりまで来てやっと立ち止まる。

「ここらへんでやろっか」とビアンカが言う。

……違う。

わたしが知っているビアンカの天体観測は、広場の奥ではなく、入口付近で行われていたのだ。

ビアンカはポケットから黒いケースを取り出して、それをぱかりと開けて中から小型の望遠鏡を取り出した。双眼鏡タイプではなく単眼鏡タイプだった。

わたしたちは天体観測を始めた。

と言っても夢中になって星を観るのはビアンカで、そんなビアンカのことを夢中になって観るわたし、といういつもの構図。

ビアンカは最初、ノブから借りた未来の天体望遠鏡そのものに関心を持ち、星空を見上げてはいるけれど星そっちのけで機材の性能を確かめていた。

新しい機能を見つけるたびに「すごーい!」を連発しては目を星以上に輝かせる。しあわせそうなビアンカを観れて、わたしもしあわせ。

しばらくすると本格的に星の観察を始めたようで、こんどは「すごーい!」の後ろに「きれー!」を付けてまたそれを連発する。

わたしにとってはビアンカも星も同じくらい綺麗だよ。って本気で思う。

でもそんなことは、ぜったい、言わない。

わたしたちはいつの間にか立つことに疲れて芝生のうえに座って天体やらビアンカの観測を続けて、飽きることもなくその時間を何時間も続けて――その間にわたしの頭には疑問が浮かんで――それはだんだんと強くなった。

もうとっくに、ビアンカが消失した時間を過ぎている。

でも消えない。

ビアンカはちゃんと、わたしの目の前にいる。

そこからまた時間が経つにつれて、わたしは確信を持ち始める。

やっぱり——、

わたしがタイムマシンに乗ってやってきて、過去が変わったことによって、それが未来にまでも影響したのだ。

ノブに借りた未来の天体望遠鏡のかたちが変わっていることが、その証拠。

ビアンカが一人で公園に入る、という映像をわたしが観るという未来は、さっき手を繋いでわたしと一緒に入った現実とは矛盾するけど、でも改変された未来では矛盾しないようになっているのだ。

おそらく、明日のわたしは、防犯カメラの映像を確認しない。

なぜなら、ビアンカは行方不明にはならないから。

あと一時間もしないうちに夜が明ける。

〈ビアンカの消失〉という出来事は、なんらかの理由によってキャンセルされたのだ。

なぜだろうか？

まったく、見当もつかない。

たっぷりと星の観測をして、多少満足したらしいビアンカは、わたしに望遠鏡を貸してくれた。

わたしは天体望遠鏡を覗きこむ。

そもそも天体望遠鏡なんてのはものすごく遠いところにある物を倍率を上げて観るものなので、手で持つのではなくてちゃんと固定しなきゃいけないんじゃないの？　という心配をわたしは何時間もまえからずっと抱えていたけど、そんなものはただの杞憂《きゆう》だとすぐに知る。

すでに使い方をマスターしたビアンカが、わたしにわかりやすく説明してくれた。

未来の天体望遠鏡の基本的な使い方。

はじめにファインダーモードで目的の星を探す。このモードの倍率はあまり高くない。つまり広い範囲を観ることができる。視界には十字の線が入っていて、目的の天体を見つけたらその交点に合わせて、望遠鏡を握る人差し指にすこし力を込める。――するとその瞬間にモードが切り替わり、映像が固定されて、オートでズーム（ビアンカが言うには、このとき集光もオートで調整されているらしい）。手ブレがしないどころか対象がレンズの視野角《しやかく》にさえ入っていればぜんぜん違う方向を向いていても、その天体を安定して観測することができる。いったいどういう仕組みなんだろう？

この望遠鏡の機能のなかで、わたしがいちばん凄いと思ったのが〈タグの表示機能〉。天体のなまえ、発見者のなまえ、視等級、質量、直径、大気の性質、表面重力、表面温度、地球からの距離、自転周期、公転周期、衛星の数、軌道傾斜角……などなど、いろんな情報を天体のとなりに表示することができるのだ。これはつまり、天体に関する知識がぜんぜんない初心者でも、実物を観測しながら学ぶことができるということだ。

わたしは北の空に浮かぶ星の一つを適当にロックしてみた。それは赤色《せきしょく》矮星《わいせい》二つで構成される連星系——いわゆるふたご星だった。

タグはこんな具合に表示されていた。

**天体のなまえ**　**Kruger60A / Kruger60B**
**発見者のなまえ**　**Adalbert Kruger**
**視等級**　**9.59 / 11.45**
**質量**　**0.27 / 0.16 M☉**

「すごーい！」

わたしは感動した。赤褐色《せっかっしょく》に輝く11等級の星の、その輪郭《りんかく》がボケずにくっきりと見えた。めちゃくちゃ綺麗だった。しかも読み込み時間なしで情報のタグが表示されて、それはとても読みやすかった。

「お姉ちゃん、このエムまるってなあに？」

「それは太陽の質量のことよ」

なるほど。つまりクルーガー60Ａは太陽の0.27倍の質量の恒星で、クルーガー60Ｂのほうは0.16倍ということらしい。勉強になるなあ。

わたしはクルーガー60の近くにある、別の星に狙いを変えてみた。こっちはかなり明い星だ。

**天体のなまえ**　**γ Cephei**
**視等級**　**3.220**

3等星だ。白く輝いている。

詳細を表示してみた。

**年齢**　**66億年**
**距離**　**45.97 ± 0.26光年**

——ケフェウス座γ《ガンマ》星は、ケフェウス座の恒星で3等星。エライ（Errai）とも、エルライ（Arrai）とも表記される。エルライとはアラビア語で〈羊飼い〉という意味。地球の歳差《さいさ》運動が描く円（歳差円）上にあるため、西暦三一〇〇年頃には北極星となる。

わたしの頭には疑問が浮かんだ。『北極星となる』って、いったい、どういう意味だろう？

「ねえ。お姉ちゃん、北極星って一つじゃないの？」

「常に一つよ。移り変わるものだけど」

背後からビアンカの優しい声が返ってきた。「北極星っていうのはね、いちばん北にある星のことをいうの。特定の星を指した名前じゃないのよ」

「それが、どうして変わるの？」

「地球はね、公転と自転だけじゃなくって、〈軸〉も回転しているの。南極点から北極点にむかって、こう……ぶすっ、と、串《くし》を刺すイメージをしてみて？　地球の串刺し。その串は回転の力を失い始めたコマの軸みたいに、グリングリンと首を振っているわけ。だから単純に〈首振り運動〉とも言ったりするわ。――これが一回転するのに、地球の場合は二万五千八百年。つまり、北極から伸びた串の先が指し示す星（＝北極星）は、二万五千八百年かけて、ローテーションするわけ」

「なるほどねえー」

わたしはただただ感心した。

「いまはこぐま座のポラリスが北極星。これは千年後まで変わらないし、千五百年まえから変わっていない。……ロッサ、ケフェウス座を観てるの？」

驚いた。

「お姉ちゃん、そんなことも、わかっちゃうの？」

「勘よ。ケフェウス座じゃなければ、はくちょう座か、こと座か、こぐま座か、りゅう座のどれか」

「ケフェウス座であってるよ」

「ガンマ？　それともベータ？」

「ガンマ」

「エルライね。羊飼いという意味。次の北極星よ。西暦三一〇〇年にはポラリスよりも天の北極に近づくわ」

わたしは姉の博識《はくしき》ぶりにあらためて驚かされた。口をついて、しょうもないことを言ってしまう。

「お姉ちゃんって、記憶力いいね」

「記憶力なんてものは誰でも一緒よ」

お姉ちゃんはさらりと言った。

それがとてもクールだった。

「興味を持つと、区別がつくのよ。区別がつけば、必ず覚えられる。わたしにはケフェウス座とカシオペア座の境界がはっきりとみえる。雑誌を眺めているうちに、八十八の星座を覚えたからね。……こんなのは、ポケモンを覚えられる人なら誰にでもできることよ？　興味のない人からすれば、何百匹もいるモンスターは、どれもがぜんぶ〈子供むけのキャラクター〉で、区別がつかないでしょうから」

ピカチュウ以外はね、とビアンカは補足するように言った。

ポッチャマもじゃない？　とわたしはそこに追加した。

ふいに、

「北極星になったエルライを観てみる？」

と、ビアンカが言った。

「え、観れるの？」

わたしは振り返ってビアンカをみた。息がかかるほど近くに彼女の顔があった。

「それが、観れちゃうのよ、こいつ」

ビアンカの大きな瞳には満天の星が映り込んでいて、万華鏡《まんげきょう》のようにきらきらしていた。

「この望遠鏡ね、過去や未来の星空を映し出せるの！」

「えーっ、すごーい！」

「ほら、覗いてごらん」

わたしはもう一度望遠鏡を覗き込む。

「エルライ観えてるー？」

「観えてるー」

望遠鏡を持つわたしの手にビアンカの手が重なった。彼女の手はやっぱり冷たくてきもちよかった。ビアンカはレンズ近くを包むようにして柔らかく握り、するすると撫《な》でるようにして、その手を回した。

視界の端に四桁の数字が表示された。

西暦だ。最初は2012で、次に2013、その次が2014、だんだんと数字が増加して、途中からはカウントの速度が上がった。音楽プレイヤーの早送りとおなじだ、とわたしは思った。

カウントが3000を超えたあたりで、エルライは、天の北極点のマークにかなり近づいた。逆にポラリスはすこしずつ遠のいていく。そして、エルライが北極星になった。わたしは息をのんだ。それでもエルライは、まだ北極点に寄っていき、カウントが4100になったところで、ついに——その二つがほとんど重なった。思わず、大きなため息がでた。

「はぁぁあっ——……」

とてつもなく壮大なものを見た気がして、わたしは胸が満たされた。自分が地球のうえに乗っかっているという感覚を鮮明に自覚できた。とても大きな存在になった気分だ。それと同時に、自分の人生があまりにも短く、儚い、ということを思い知らされた気分でもあった。

地球の頭のうえでは、こんなことが二万五千八百年ものスパンをかけて繰り返されているのだ。わたしがリアルタイムで観ることができるのは、そのうち、ごくごく小さく切り取られたワンシーンだけ。


雨に降られれば落ちる桜の花びらも。

翅《はね》を手にしたカゲロウも。

雲の切れ間に弧《こ》を描く虹も。

ぜんぶ、同じじゃないか。

わたしも、同じじゃないか。


「この次に北極星になるのはアルフィルクだけれど、それも観る?」

とビアンカは訊いた。

「いや、いい」

とわたしは答えた。「お腹いっぱい。……これ以上は、泣いちゃいそう」

ふふっ――とビアンカの笑う声が、うなじにあたった。

「………」

こそばゆい。

わたしは北極星のエルライに釘付けのままだった。……ほんとに、いつまでも眺めていられそうだ。なんだか夢見《ゆめみ》心地《ごこち》になって、また、しょうもないことが口をついて出た。

「ねえお姉ちゃん」

「なあに？」

「お姉ちゃんって、すごく物知りだよね」

「そうかなあ？」

「そうだよ」

「ロッサが言うなら、そうなのかもね」

「ねえお姉ちゃん」

「なあに？」

「お姉ちゃんは、宇宙のぜんぶを知りたいって思う？」

「そうだなあ……。うーんと。わたしはね、ロッサ。たくさんのことを知りたいわ。この星に宇宙人がいるのかも知りたいし、超能力なんてものがあるのかも知りたい。未来人は実際にいたわ。タイムトラベルがあるんだから、他のことも、きっと、あると思う。だからこの目で観てみたい。わたしは、未来のことも知りたい――まえにノブに訊いたんだけど、あの子、詳しいことはなにも教えてくれなかったなあ。またＴＳＴに乗りたいなあ。……あ。だけどね、ロッサ。わたしはね、世界のすべてとか、この宇宙のこと全部とかを、知ってしまいたいとは思わないの。そんなこと、わたしは望んでいないのよ」

「え、どうして？」

「神の世界に月はない」

――へ？　っと間抜けな声を出して、わたしは望遠鏡から目を離した。なんだか後ろで発せられたビアンカの声は――とてもビアンカらしい声だったが――それと同時に、まったく彼女のものではない、という気もしたのだった（このときなぜか、ふと、子供のころに大池で見た、あのクジラの影の光景が脳内に蘇《よみがえ》った）。あれはほんとうの出来事ではない。夢のなかの話だ。

けれど、これは紛れもなく現実だった。

わたしは後ろを振り返った。

ビアンカの姿が――跡形《あとかた》もなく消えていた。

☾

わたしは姉のいなくなった自宅の自分の部屋のなかで机に向かって目蓋《まぶた》を開けたままなにも見ずになにも感じず、顔からいっさいの表情を失《な》くしてまるで世界にひとり取り残されたみたいな最悪な気分で手も足も動かさず、動かす気分になれず、しているのかしていないのか判《わか》らないようなかすかに浅い呼吸だけして――ただただ無意味に存在していた。

月曜の昼になっていた。

学校はいまごろ四限目で、もうすぐ昼休みに入るだろう。——でもいまのわたしは登校できる状態になんてない。

あれから何度か過去へ行きなおしてみたけどビアンカの消失は変わらなかった。

天体観測中、彼女の手を握り続けてみたけど、何かしらの理由でわたしは数秒間気を失い、ビアンカはわたしの手から離れた。

泣いてお願いしてビアンカに天体観測に行くことをやめてもらったら、ビアンカはその日に消失することはなかったけど、次の日に彼女は消失した。

同じ時間に同じ場所へ行ってもわたしが別の（時間旅行者の）わたしと出会うことはなく、過去や未来は微妙に変化し続けているらしいことがわかったが、ビアンカが消えることだけは運命づけられているように感じた。

わたしは体感時間でもう何十時間も、食事と水を取っていない。もう、立ち上がる力すらあるのかもわからない。

そんな状態で、現代時間のまる二日間、頭のなかだけは石炭を食い過ぎた蒸気機関車のタービンのように熱を発しながら、狂ったように回転を続け、休むことなくビアンカの消失について考え続けていた。

——その結果。

私の思考の奥深くではおぞましい発想が浮上していた。

ビアンカが消失することには何の理由もカラクリもないのではないか？


机のうえには宿題のプリントが広がっている。

わたしはそれを見ながら、
まったく無意味な逡巡をする。

——この目の前の物体を鞄《かばん》に入れていまからしれっと学校へ向かおうか？　そうすればわたしはこの苦悩から解放されるだろう。しかし現実的に考えて、わたしの生活を占めるビアンカの割合は学校を含めてもトップクラスだからそれを抜いて普通の生活をしようとしても、最低限のピースを抜いたジェンガのようにみんなが壊れてしまう。夕飯を食べるときもテレビを観るときも家にいるのはわたし一人で、そんな生活を始めたとたん内心やら心情やらなんやらに黒い霧《きり》がかかって、あっという間にブラックアウト。

つまりこいつを提出できたところで、何にもならないのだ。

「こんにゃろー！」

わたしはプリントを全力で壁に叩きつけた。

ベチィンッ、という大きな音がなった。

思いのほか明快だった。

おでん鍋の底に沈む、ゴボウの抜けたゴボ天みたいに、くたくたで、ぐでぇ〜んとした紙の束を、わたしは学校の友達なんかにはぜったいにみせない、死ぬほどめんどくさそうな風情で拾い上げて——ゴミ箱の底へ向かって、そいつをもう一度叩きつけた。

妹にとって不要なものは——姉以外のすべてだ。

これが世界の真理だ。異論は認めません。

☾

キッチンに行って冷蔵庫を開けて午後の紅茶のストレートをペットボトルに直接くちをつけて中身を飲み干すと、異常に元気が湧いてきた気になる。リビングへ行ってケータイを取って着信があったことに気づいてすこしだけ期待して名前を確認すると、それはやっぱりビアンカではない。

ただの未来人からだった。

わたしはノブに電話をかけなおすと彼はすぐに出る。

かんかんに怒っていた。

「何度も電話したのに、どうして出なかったんだ」

「ごめん、ケータイ見てなかった」

「いままでどこにいたんだ」

「過去から戻ってからは、ずっと家にいたよ」

「家にだって？　おれは何度も、そっちへ行ってチャイムを鳴らしたんだぜ？　きみは出てきやしなかった！　……どうやら学校にも来ていないみたいだし、いったいどうしたんだロッサ？　ビアンカのことは何かわかったのか？」

「なにもわからなかった」

「なにも？　……とりあえず話を――」

わたしはノブの言葉を切るようにして言う。「いまから学校へ行くわ」

すこし間があって、

「――授業にでるってことか？」

とノブは訊く。

「いいや、そうじゃない」とわたしは否定。

「じゃあ、どういうことだ？」と、すこし戸惑うような声。

「もう一度、タイムトラベルするの」

とわたしはノブに言う。

彼から返ってきた言葉は一音。

「なっ⁉」

と、かなりキレ気味に。

「ロッサ……」ノブは聞き分けのない子供を諭《さと》すように話しだす。「そもそもＴＳＴはそう簡単に貸出しできるものじゃないんだ。おれは車のレンタル屋でもなければ、ＴＳＴはレンタカーでもない。この時代でいうところの……えーっと、なんだっけ。あれだ。そう、三菱重工《みつびしじゅうこう》のリニアモーターカーなんかよりも、あれは、遥かに大掛かりで危険な乗り物なんだぜ？　訓練されてない個人が街中や歴史の教科書のなかを走りまわるものじゃない。〈ウブメ効果〉がなんのために備わっているのか、きみならそれが解るだろう？　事情があるからといってやすやすと許可できるような代物《しろもの》にみえたのなら、それはきっと、……おれが悪いんだろうけどさ。……おれのせいだ。――とにかく、きみは過去へ行ってなにを見てきたのか、まずはそれをおれに話してくれないか？」

「うん……わかった」

とわたしは言う。「じゃあ、いまから行くから、高校の屋上で待ってて」

ノブはなにかを警戒するように、

「まて——うちの学校の、屋上である必要はないだろう？」

わたしはそれを意図的に無視して、

「それじゃあね」

「ちょっとま——」

ぷつん。

電話を切った。


高校に着いて、五限目の授業をしている教室のまえを先生に見つからないよう忍び足で抜けて、屋上への階段を上る。

——どんな手を使ってでも、ＴＳＴに乗って未来へいこう。

わたしはすでに、そう心に決めていた。

最後の一段を踏んで重い鉄扉を開けて外に出ると、〈ウブメ効果〉のかかっていないＴＳＴが屋上の端にあって、そのまえでノブが待ちかまえていた。

「ロッサ」

いつも以上に落ち着いた声で彼は言う。「話を聴かせてもらおうか」

「いいわ」

わたしと彼は向き合って――

わたしたちは、話を始める。

ビアンカの話を。


「金曜日の夜、ビアンカは天体観測に行って――そして戻ってこなかった。わたしは次の日になって、それがおかしいと気がついて、彼女を捜し始めた。その日の昼に手がかりを摑んだ。公園の防犯カメラには、彼女が消える瞬間が記録されていたの」

「そこまでは、きのうの昼にきみから電話で聞いた。しかしおれは、人が一人消えるなんてことが、あり得るとは思わない。これは公園の管理人とおなじ意見になるが、当然、機材かなにかの問題で、そういうふうに見えただけだろう。……この時代の機材は、よくそういうことを起こすじゃないか？　ビアンカの行方《ゆくえ》については、過去に行って調べてみれば、すぐに明らかになるだろうと考えていた。……でも、そうじゃなかったんだな？」

「うん」

「きみは過去でなにを見たんだ？」

「わたしの目の前でも、おなじように消えたのよ」

「ビアンカが？」

こくり、とわたしは頷く。

「わたしの目の前で、手品みたいに、お姉ちゃんは消えた」

「そんな馬鹿な」

未来人はすこし面食《めんく》らったように、頭に手をやり髪をくしゃくしゃとした。その内容がすんなりと呑み込めはしないというふうに、彼はわたしが言ったことを反復した。

「ビアンカが、きみの目の前でも消失したのか？」

「……ええ」

「きみの勘違いかなにかじゃないのか？　だって、ビアンカが……、人の存在が、そんなに簡単に、消えてなくなるわけがない」

いろんな法則を無視している、とノブは零《こぼ》す。

「だけどそれは確かに起こったの。わたしは何度か繰り返して過去へ行って試してみたけど、何度やっても、ビアンカは消えたの」

「信じられない」

「わたしだって、最初は信じられなかったよ。でもいまは――」わたしはノブの目をまっすぐに見据えて言った。「人は消えるものだと考えている」

ノブの顔から血の気が引いた。

「ど……どうしたら、そんな、そんな現実を受け入れることができるんだ？　きみはいったい、何度その瞬間を経験したんだ？」

わたしはそれには答えない。

答えたところで意味がない。

というか、そんなよくある話、語られたところで、もうなんの新鮮味もないでしょう?

だから。

わたしは結論だけを言う。

「人が消える――という現象を受け入れずに、先にすすむことはできないのよ」

「受け入れるったって、人が消えるなんていう現象は、あまりに非科学的すぎるじゃないか!」

ノブが叫んだ。

「そうかしら?」

わたしはわざと挑発的な目をして言った。「わたしはそうは思わないわ」

するとノブの顔つきが変わった。

「――ひょっとしてきみには、何か思いあたることでもあるのか?」

「ええ」

わたしは答えた。

「あるわ。たったひとつ、可能性が」

こーん、と鐘《かね》が鳴った。ホームルームの時間になった。足下の教室からかすかにざわつく音が聞こえ始めた。

わたしはノブを支点として、コンパスの軌道を描くようにゆっくりと歩きはじめた。

「把握の仕方に問題があると思うの」

「問題だって？」

ノブは微動だにしない。彼のうしろにはＴＳＴが置かれてある。「そんなものを挟む余地がないほどに、状況はシンプルじゃないか。ビアンカは一瞬にして、カメラのまえからその姿を消した。きみが傍にいても変わらず、彼女はどこかに消えてしまったんだ。これがすべてだ」

「それは違うわ」

わたしは間髪《かんはつ》をいれずに否定した。

ノブは眉間《みけん》にしわを作った。

屋上を風が抜けた。

「……おれは、きみが話してくれたとおりのことを言っただけだぜ」

「ビアンカの姿を確認できなくなった。——とわたしは言ったのよ。ビアンカがどこかへ行ったただなんて、ひと言もくちにしていないわ」

足下の教室がしん、と静まり返った。たぶん、先生が話を始めたのだろう。わたしはフェンスに沿って歩きつづけて、ＴＳＴに近づいて行く。

「つまりきみは」

ノブは混乱した顔で訊いた。「ビアンカはどこへも行っていない、とでも言うのかい？ずっと、きみの傍に居続けていたとでも？　それでいて、彼女はきみの目には見えなかったと？」

「そのとおりよ」

ノブはゆるりとかぶりを振った。

「まったく、意味がわからないな。それが事実だとしても、やはり尋常《じんじょう》なことじゃないじゃないか。そんな不思議なことがほんとうに起こったのなら、これはもうお手上げだとしか言いようがない。そうだろ？」

「この世には不思議なことなど何もないのだよ、ノブ君」

はっと、何かに気がつき、ノブは声を荒らげた。

「そんな！」

一瞬にして彼は取り乱した。

「わたしにはその状況に、一つだけ心当たりがあるわ」

畳み掛けるように、わたしは言う。「……わたしだけじゃなくって、ノブ、もちろんあなたにもね」

「まさか、それって――！」

「そうよ」

わたしはその解答を言った。

「ビアンカには、〈ウブメ効果〉が掛かっていたのよ！」


こーん、と再び鐘が鳴った。

放課後の合図。放心状態になったノブを見て、わたしはいまだと思って駆け出した。最初から、強行《きょうこう》突破してTSTに乗りこむつもりでいたのだ。

ワンテンポ遅れてノブが反応したときには――すでにわたしは大きくリードしていた。

ノブはわたしの背中に叫ぶ。

「待て！」

――と言われて、待つ者なんているものですか。わたしは振り返ることすらせずにTSTにまっしぐら。その距離を一瞬にして詰める。――あと三歩、二歩、一歩。――いける！

わたしはそれに乗り込めることを確信し、ドアをめがけて手を伸ばした。

しかし、その手が取手に触れるか触れないかのすんでのところで——ＴＳＴは突如《とつじょ》、その姿を消した。

ビアンカと同じように。

わたしの手は空を切った。

——くそぅ。

あと一センチもなかったのに！

わたしは盛大に転んで、立ち上がって、ノブを見て、睨みつける。

「なんてことをしてくれるのよ⁉」

「それはこっちの台詞《せりふ》だ！」

「もっともだ！」

ちっ、と舌打ちして、作戦の失敗をわたしは悔《く》やんだ。ＴＳＴの〈ウブメ効果〉は、遠隔で操作できるのだ。

ノブの右手に小さな機械が握られていた。

わたしはそれにむかって真っ直《す》ぐに向かっていく。ノブは最初状況を呑み込めずにしばらく呆《ほう》けた顔をして、その場に突っ立ったままわたしのことを見ていたが、わたしが彼の手に手を伸ばした瞬間になって、ようやく状況を理解したらしく、俊敏に反応した。

「よこしなさい」

「ダメだ」

機械をめぐって、激しい揉《も》み合いがはじまった。

「えい」「よっ」「どうして」「ダメなものは」「そいっ」「はっ」「ていっ」「とうっ――ダメなんだ」「だから」「すっ」「どうしてよ」「しゃっ」「ささ」「ふふふ」「あたたた」「ひでぶぶぶ」「きゃっ」「あ、ごめ」ばちん。「どこ触ってんのよ、バカ」「すいま――あぶねっ、せん」「こにゃろー！」「うぁーっ、と！」ポカポカポカ。「いててててん」


しばらく乱闘して、ふたりとも力尽きた。


「……はあ、はあ。……もうだめ」

「……おれもだ。ひぃ、――ふぅぅぅぅぅ」

わたしはフェンスに手をつきうなだれた。校内のあちこちで部活動がはじまっていた。

両手を膝について、肩で息をしながら、

「意外だよ」

と出し抜けに未来人が言った。

わたしはグラウンドを見下ろしながら応えた。

「なにが？」

酸欠で頭がクラクラしている。

「大胆なんだな、きみは。おれはもうすこし、大人しい子だと思っていた。そりゃあこの時代の子だし、それなりに活発だとは思っていたが、しかしなんというか、こう——失礼かもしれないが——可愛らしくて、大人しくて、優しくて、——いかにも〈妹〉ってかんじの——悪意を一ミリも持ちあわせてはいない、純真無垢《むく》な——そういう子だと思っていたから」

「そんな妹、現実にいるわけないじゃない。——男の子の幻想よ」

わたしがそう断言すると、すごく残念そうな声で、そうかもな——とノブは言った。あまりにも切なそうに言ったので、わたしはすこし、申し訳ないきもちになった。

「ねえノブ」

「なんだ？」

「わたし、未来に行きたいの」

「どうして？」

「〈ウブメ効果〉がいったいどういう技術なのかを、知りたいの」

「ダメだ」

「もうっ。——じゃあひとつ、訊いていい？」

「それでひとつだよ」

「くだらないことは言わないで。——それって、未来ジョークなの？」

「——すいません。未来ジョークじゃありません」

ノブは顔を赤くして、それで、訊きたいことってなんでしょうか、と話を先に進めようとした。

わたしはまじめなトーンで訊いた。

「〈ウブメ効果〉って、どういう仕組みなの?」

これさえわかれば、べつにわたしがわざわざ未来へ行って、たしかめる必要もないのだ。

ノブは答えた。

「禁則事項です」

いらっ。

「ノブ! それは〈バニースーツの似合う萌えキャラ〉だけが言っていい台詞よ!」

わたしは怒って叫んだ。

ノブは肩をすぼめて、すいません、そうですよね、調子乗りました、と言った。

「ちゃんと答えなさい」

「それが——おれには答えられないんだ」

「この期《ご》に及んで話さないっていうの? 人に使えるのか、使えないのか、それだけでいいのよ!」

わたしが憤怒《ふんぬ》の形相で凄んでみせると、ノブは慌てたように手を振った。

「違う違う、そうじゃない。おれは〈ウブメ効果〉の仕組みの、詳しいことについては知らないんだ。きみだってタブレット端末がどうしてYouTubeの動画を流しているのか、その仕組みを知らずに使っているだろ？　それと同じさ。この世に溢れる日常的なブラックボックスの一つでしかない。おれは未来人だけど、メカニカルではないからね。心理的な作用によって、みえているものがみえなくなる、——そういう説明を聞いただけ。ほんとうだ。ドントではなく、キャントなんだよ」

「……ほんとうに？」

「ああ」

わたしはその場にへたり込んだ。未来へは行けない。過去へ行っても意味がない。〈ウブメ効果〉の仕組みをノブは知らない。——これでは八方塞がりじゃないか。

はぁーっと息を吐きながら仰《の》け反《ぞ》って、わたしは頭頂部をフェンスにあてた。視界のすべてが空で埋まる。

……いったい何リットルの空気を、わたしの目はいま、捉えているのだろうか？

風が強く吹き抜けた。

目に見えないたくさんのものが、めまぐるしく入れ替わっていく——。

「わたしね——未来ではいろんな技術が公開されているものだと思ってた」

「基本的にはそのとおりだ。しかし、一部の技術についてはそうでもないんだ。大人の事情ってやつさ。巨大な権力が関わっている」

「巨大な権力って？」

「未来の、とある会社のことなんだが、これ以上は言えないな。それは禁則じ——」

「むっ」

「いや、その、——秘密事項だからね」

ノブはあわてて訂正した。

「ふーん。……それで、わたしはどうして未来に行ってはいけないの？　まえに一度行ったじゃない」

「あれは特例中の特例だ。上からの許可が出ていた」

わたしはその言葉に引っかかりを覚えた。

——あれれ？

許可なんて、出ていたっけ？

たしか、時間警察の捜査官とかいう連中がやってきて、おまえたちのやっていることは犯罪だとか言われて、お姉ちゃんがパラライザーで撃《う》たれたりして、けっこうな大ごとになったような気がするけれど。

「許可なしで未来に行けば、どうなるの？」

「きみはなんてことを言うんだ」

ノブは両目を大きく見開いた。「そんなことをしたら大変なことになるぞ。おれもきみも、奴らに捕まってしまう」

なにをそんなに慌てているのだろう？

「奴らって、あの捜査官とかいう、貧弱な人たちのことよね？　わたし、あの人たちなら恐くないわ」

パラライザーも、多少いらいらっとくるだけだしね。

しかしノブは、

「捜査官ってなんだ？」


と不思議そうな顔をして言った。「そんな連中、おれは知らないぞ」

――おかしいなあ、とわたしは思った。

「あの、パラライザーを持った人たちよ？」

わたしは確認するように言った。

だけどノブは、きわめて真剣な顔をして、

「パラライザーってなんだ？」と返した。

奇妙だ。

「人面蛙事件のときにやってきたでしょう？　お姉ちゃんが撃たれて、大変だったじゃない」

「きみはさっきから、何を言ってるんだ」

ノブが不審そうな顔をした。「あのときは、何もかもがうまくいっただろ」

――話が嚙み合わない。

「ノブの言う、奴ら、ってのはなに？」

わたしは逆に質問することにした。

「まえに話したじゃないか」

とノブは言う。

冗談を言っているようすではない。

未来ジョークではないらしい。

しかしわたしは聞いた覚えがない。

「いいから教えて。誰なのよ、その怖い人たちって」

「最未来人」

――と、ノブは静かに言った。

その名をくちにするときに、彼の声がわずかに震えた。だからわたしは、ノブは本気で恐れているのだ——ということを理解した。

間違いない。

ノブは以前に話したというけれど、そんな特徴的な単語——わたしはやっぱり、聞いたことがない。

最末来人。

——いったいどういう組織なのだろう?

「とりあえず」

ノブは階段へと続く鉄扉のほうへ目をむけて言った。「きょうはもう解散だ」

「ビアンカのことはどうするの?」

「それは、お互い家に帰って考えよう。慌てたってしょうがない。きみも一度休んだほうがいい。ぜんぜん寝てないだろ? せっかくの美人なのに、酷《ひど》い顔をしてるぜ? おれもいちおう上に掛け合ってみるよ」

たしかにわたしは、疲れ果てていた。

ノブは鉄扉にむかって歩く。

「だいたい、きみが推理したとおり——ほんとうにビアンカに〈ウブメ効果〉が掛かっているとも、限らないじゃないか」

そう言って、ノブは階段を下りていった。

「そうかなあ？」

とわたしは一人、屋上で呟く。

フェンスのまえに並んだ室外機。

そのうち、一台だけがまわっていることに気がついた。

この一台が繋がる先は――おそらく職員室だろう。

学校を出て家にむかう。その途中ですこし迂回《うかい》して駅前に寄る。ちょうど帰宅ラッシュの時間なので人が多い。

わたしはビアンカとよく訪れるクレープ屋で、苺とチョコレートのクレープを買う。カロリーとかビタミンが身体に必要だった。いつも笑顔な店のおばちゃんが、「大丈夫？何かあった？」と訊いてくる。わたしは「何でもないです」と答える。おばちゃんはそれ以上は追及せずにアイスのトッピングをおまけしてくれる。――ノブにも言われたけれど、わたしはいま、よっぽど酷い顔をしているのだろう。

街が賑《にぎ》やかだった。喧騒《けんそう》のなかを一人歩きながらクレープにかぶりつく。大好物のはずなのに、お腹は空いているはずなのに、――なんだかとても、味気ない。

きっと、ビアンカのいない世界では、何を食べても美味しくはないのだ。わたしのなかの好物なんていう概念は、ビアンカといっしょに消えて失くなってしまった――。

早足で歩くサラリーマンと肩がぶつかった。男はそのことに気づいていないかのように去っていく。

ひたすらに孤独だった。

泣いてしまいそうだ。

わたしは大好物だったクレープを無理やり身体に詰め込んで、包み紙をくしゃくしゃに丸めてゴミ箱に捨てて、さっさと家に帰ることにする。


自宅のまえで、その玄関のすぐ手前で――異変に気がついた。

「あれ？」

ドアの鍵が開いているのだ。

おっかしいなあ――とわたしは思う。学校へむかうときは、たしかに掛けたはずなのに……。でも、ひょっとすると、ビアンカが帰ってきたのだろうか？　彼女はときどき、鍵を掛けることを忘れる。実験のことで頭がいっぱいになっているときのビアンカは、他のすべてのことがおろそかになるから。

わたしはドアを開けて家にはいる。

しかし、玄関にビアンカの靴はない。

変だなぁ——と思った。

ビアンカでないなら、誰がこのドアを開けたのか？


この家は、わたしとビアンカの二人暮らしなのに。


靴を脱いで、上がり込む。

そしてリビングに一歩踏み込んだとき——妙な感覚に捕らわれた。

リビングは消灯していて、中の様子ははっきりとはみえない。——みえないのにもかかわらず、いつもとその様子がまるっきり違っていることを、わたしは身体で感じたのだ。

わたしは電気のスイッチに手を伸ばし——

そして、

a、部屋の電気を点けた。

b、部屋の電気を点けなかった。

——わたしは、スイッチをぱちっと押して、部屋の電気を点けた。点けることにした。

滅茶苦茶《めちゃくちゃ》だった。

テーブルがひっくり返り、ソファが引き裂かれて中から綿が飛び出していた。棚が横に倒れている。絨毯《じゅうたん》が引き剝がされて、テレビ画面が割られ、ビアンカのお気に入りの雑誌がびりびりに破かれていた。

キッチンに行くと、食器類が粉々に砕けて床に散っていた。冷蔵庫のドアが開いたままになって、中身のほとんどすべてが外に放り出されている。

包丁が壁に突き刺さっていた。

どうやら何者かがこの家に上がり込んだようだった。

わたしは階段を駆け上がる。心拍数が急上昇して、額《ひたい》から変な汗が噴き出す。ビアンカの部屋のドアが開いている。嫌な予感とともにそのなかを覗く。

彼女の部屋は、執拗《しつよう》なまでに破壊し尽くされていた。

シーリングライトが床に落ち、ベッドはめためたに引き裂かれ、簞笥《たんす》がバキバキに折られて——もはや原形をとどめていない。

壁掛け時計の針が止まっていた。——おそらくこれも壊されているのだろう。

わたしは背筋が凍りついて部屋を飛び出し、こんどは自分の部屋の様子をみる。やはりというか――ビアンカの部屋同様のありさまだった。

「どう……して？」

首を絞められたときのような声がでた。

とても強盗がやったものとは思えない。かといって、いたずらにしてはあり得ないほど固執している。吐き気を催すほどの、悪意が――それもわたしとビアンカに対する、明確な悪意が――ただただ、家中に刻みつけられている。

凄惨《せいさん》な光景を目の当たりにしてわたしはゾッとして立ち尽くす。どうしてこんな状況が生まれたのか、まるで見当がつかない。誰がこの家に侵入したのだろう？　どうして入ることができたのだろう？　なぜこんなことをするのだろう？　――まったくもって、意味不明だ。

ふいに、ケータイが鳴った。

わたしはその音にびくりとする。――誰だろう？　この音はメールだ。わたしはポケットからケータイを取り出す。その手が驚くほど震えていることに気がついた。呼吸が速くなる。

そして――

a、わたしはそのメールを確認した。

b、わたしはそのメールを確認しないことにした。


――わたしは、震える指でケータイに触れて、画面に映し出されるものを見た。見ることにした。

そしてすこしほっとした。相手はただの未来人だった。……なんだ、ノブか。ひやりとしたじゃないか。なんてタイミングで送ってくるんだ。ほんと、心臓止まるかと思ったじゃないか。いったい内容はなんだろう？

わたしはメールを開いて文面を読む。


『いますぐにげろ』


とだけ書かれてあった。

「――――ッ！」

戦慄《せんりつ》し、悲鳴をあげた。

急にこの家に居るということが恐ろしくなって、わたしはあわてて部屋を出る。嫌な予感がいっきに最高潮に達した。もつれる足で階段を駆け下り、異常に高まった警戒心で廊下に誰もいないことを確認する。靴の踵《かかと》を踏んだままで玄関を飛び出す。

道の真ん中で左右に首を振る。

どっちだ。

どっちへいけばいい⁉︎

わからない！　どうしよう⁉︎　——頭が混乱でいっぱいになる。というのも、自分に危険が迫っていることだけは明白なのにもかかわらず、その正体がまったくみえないからだ。

数秒経ったところでわたしは——左右のどちらに行くかだなんて、悩んだところでしょうがない——ということにようやく気がついた。

そのとき、

背後でガチャリ、と音が鳴った。

——これは。

なんの音だろう？

ずいぶんと聞き覚えのある音だ。わたしはこれまでに何度もこの音を聞いている。だけど、ド忘れしたみたいに思い出すことができない。

いや、そうじゃない。

わたしはこの音がなんなのかをすでに解っているのだ。解っていながらも、それを認めたくないだけで。
音の発生源にむかって——でもその方向は考えてみれば、ぜったいにありえない方向だと知りながらも——わたしは後ろを振り返る。
いま出たばかりの自宅のドアが——そのレバーが下りる音だった。

下りて。

ゆっくりと、下りて。

すぅぅぅぅぅぅぅっと、——そのドアが開いた。

いままさに、家のなかから何者かが出てくる瞬間だった。

とたん、わたしの顎下《がっか》腺《せん》からは苦い唾《だ》液《えき》が噴出して、くちのなかに充満する。ソレがいったい何なのかなんて、確認したくともできるわけがない。本能的に身体が動く。足が勝手に駆け出している。身体中の肌が粟立《あわだ》っているのがわかる。わたしは人通りのすくない路地裏をがむしゃらに走る。頭のなかではカンカンカンカンと警鐘がけたたましく鳴り響いている。とにかくここから離れなくてはならない。

家から出てきた何か。

あれは。


ぜったいに、近づいてはならない類のものだ。


その正体不明の何かは信じられないことにわたしのことを追ってきた。背後の足音でそれが解った。――こわい、こわすぎる！　わたしはがむしゃらに逃げて、逃げて、逃げて――路地裏をしばらく逃げ続けていると、いつの間にか背後の足音が聞こえなくなっていることに気がついた。

振り切ったのだろうか？

そうかもしれない。

なにせ、警官から逃走したときよりも圧倒的に、いまの方が速度が出ていたし。

わたしは足を止めた。

目のまえには曲がり角があった。無酸素運動のやり過ぎで呼吸がめちゃくちゃに乱れていた。頭がぐわんぐわんしている。走った分の反動で――どっと、汗が噴き出す。

わたしはカーディガンの袖で目のうえの汗を拭《ぬぐ》った。そのとき偶然にも――道の角に設置された、薄汚れたカーブミラーに目がいった。

そこになにかが映り込んでいた。

……なんだあれ？

よーく目を凝らしてみてみると、曲がり角の先で、その道のまんなかに——人の姿をした何かが立っている。わたしにはそれがひと目で異様なものだと認識できた。常人が車線の——しかも中央線のうえに立ち尽くすだろうか？　わたしの意識の深いところで、鏡に映るソレが、細かな点において常人とはいろいろと違っていることに気がついた。あれは人ではない。鏡のむこうに居るソレは亡霊のような存在感で、まるで現実味がない。あれはヤバい。ぜったいにヤバいぞ。と思いながらも身体が重くて動かない。その亡霊は誰かを探しているようだった。ゆらりゆらりとロウソクの火のように身体を揺らし、こちらを向いた瞬間、——目を疑うほどの速度で一直線に走ってきた。

わたしはぎゃあっと叫んで身体を反転させ、再びスタートダッシュ。喉をひゅうひゅう鳴らしながら狭い路地をジグザグに駆けるうちに、だんだんと一人でいることの恐怖に耐えられなくなってきた。このままじゃ発狂してしまいそうだ。このままじゃおしっこ漏《も》らしてしまいそうだ。ぜったい漏らす！　やばい、ぜったいに、漏らす！　それは女子中学生としてアウトすぎる！　なんとかして耐える方法はないか⁉　考えろ、わたし！

そうだ、駅前へ行こう。

あそこなら人がたくさん居るし、暴漢《ぼうかん》なのか亡霊なのかはわからないけれど、とにかくアイツはひと目のある場所で変なことはしてこないはずだ。そうだよねっ？　そう願いたいね！

あの場所へ行けばクレープ屋のおばちゃんがいつもどおりの笑顔で、部活帰りの学生たちがだべっていて、気力のないサラリーマンもやる気のあるサラリーマンも、とにかくわんさか人がいる。そう思ってわたしは複雑な路地のなかを、ときどき民家の庭をも抜けて――命からがら、ようやくその場所にたどり着いた。

そしてそこに広がる光景に絶望した。

自分の目を疑った。

……こんなことって、あるだろうか？

街をゆく人々のすべてがまるで蠟《ろう》人形にでもなったみたいに硬直していた。

サラリーマンも、学生も、クレープ屋のおばちゃんも。

あるいは片足を浮かせたまま、あるいは両目を見開き閉じることのないままで。

ついさっきまであれほどわたしに孤独を味わわせた喧騒はもはや消え去り、場違いな静《せい》寂《じゃく》がそこに横たわっているだけで――。

いよいよこれが、ただ事ではないということに気がついた。わたしは助けを求める相手に、ひょっとしたら未来永劫《えいごう》出会えないかもしれない。あと、いまこの瞬間に気づいたこと言えば、もう一つある。

壁掛け時計の針が止まっていた。——おそらくこれも壊されているのだろう。

ビアンカの部屋のあの時計は、壊れてなどいなかったのだ。

止まっていたのは時計の針ではない。

時間のほうだ。

この調子じゃ電車も止まっていそうだ。遠くへ逃げたくても、逃げるすべがないじゃないか。

ポケットでケータイが鳴った。

「ぎゃあ」

わたしは跳びはねる。——あ。いますこしちびった。ひとにいわなければバレないていどにちびった。

もうっ！　ほんとに、驚かすのはやめてほしいね！　——かと言ってマナーモードになんかしている状況でもないのだけれど。音から察するに、こんどはメールではなく電話のようだ。

わたしはほとんど祈るようなきもちでその電話にでる。

『ザザザこえザか、ロッザ』

ノイズが酷くてはっきりとは聴こえないけれど、スピーカーから聴こえる声はノブのものだった。
「ノブ、いったい何が起こっているの」『きみはザザザに見つかザザしザっザんだ』「え、なんて？」『ザザザってしまザザ』「なに？　聞こえない」『いっザザもはやくザのザだザかザザるんだ』「なんて言ってるの？」『ザげろ、ザザいへ』「ノブ」『ザげろ』「わたしは何に追われているの？」『最未来ザザ』「最未来人って言ったの？」『ああ、ザザザザザザザザザザザザザザ』
ノイズがいっきに増して——電話が切れた。
「ねえノブ、わたしいったい、どこへ逃げればいいのよ……」
当然返事は返ってこない。
ツー、
ツー、
ツー。
ここのところケータイの調子はずっと良かったのに、こんなときに限って電波障害？　これって偶然なのだろうか？　それともなにか、原因があるのだろうか？　けっきょくノブの言ってることは、なにもわからなかったじゃないか。
と思っているとすぐにまたケータイが鳴った。

やはりノブから。

彼は電話をあきらめ、メールに切り替えたらしい。

『屋上　ウブメ効果　解除済み』

その短い単語だけの文章を読んで、わたしは彼が言おうとしていることを理解した。

わたしはすぐに駆け出した。目的地は当然学校だった。

ノブはわたしにＴＳＴを使えと言っているのだ。

この時代から逃げろ、と。


駅前を離れて大通りをすばやく横切り、いつもの通学路を遅刻ギリギリの生徒でもここまではしないだろうという速度で疾走。

学校に着いた。

わたしは微塵も動かない生徒や先生の——その異様に不気味な空間を抜けて、階段を駆け上り、屋上に到着。ノブの言うとおりＴＳＴの〈ウブメ効果〉は解除されていた。
そのドアに手を掛けたとき。

キィエエエエェッ！

街全体に響き渡る声を聞いた。
気の狂った鳥の化物が発したような声だった。
あまりにもおぞましくて、その絶叫を聞いたわたしは心の底から震え上がった。
この声の主が――わたしのことを追っている？
わたしは意識が遠のくほど焦燥《しょうそう》してＴＳＴに乗り込み、

未来へ跳んだ。

# 観測者たち2

複雑かつ高らかに組み上げられた銀色の配管が、星の表面を隅々まで覆っていた。

最上階の船着場から下を覗けば、無数に力強くきらめく白のライトや、鉄骨のうえを歩く人々、キャットウォークの交差点、網の目状の構造に嵌めこまれたビルとその屋上がみえた。もっとも遠くには果てしない闇が横たわり、地表がみえることはなかった。


その星の名は〈ボロス〉――

宙吊りのフレアスタックが気紛れに炎を吐き出す。

双頭の巨大クレーン〈オルトロス〉が静かに首を振る。

どこかで誰かがアルミの足場を響かせる。

注意喚起のランプが光る。

――太陽系にもっとも近い惑星系〈グリーズ〉の第二惑星である。

カーヴィアが、スカルラットのデスクまでやってきた。

「あなた、大丈夫？」

「……ああ」

「ひどい顔をしているわ」

「……ああ」

「まえに寝たのはいつ？」

「……ああ」

彼女はとなりのチェアに座って、スカルラットと向き合った。

「すこし休んだほうがいいわ。そんな調子じゃ、なにも進展しないでしょう？」

身体の心配ではなく、仕事の心配をしてくれることが、スカルラットには好ましく思えた。——こいつを妻に選んでよかった。と、彼はほとんどまわらない頭であらためて認識した。

「そうだな。おまえの言うとおりだ。おれはすこし休んだほうがいい」

かといって、いまさら仮眠をとったところで、自分たちの危機がどうにかなるとも思えなかった。

——そう。

あの発見から十日後。

つまりデッドラインまであと三日。

研究所の解体の話は、いまだに白紙になってはいなかった。

それもこれも、あの大発見の直後に、〈エイダ〉が〈異世界の消滅〉を観測したのが原因だ。――彼のチームにとって、あまりに絶望的なできごとだった。特定の世界が消えることは、これまでにも度々《たびたび》発見したが――、その原因はまったく不明だった。いずれ解明しなければならないことのひとつだが、いまはそんなことはどうでもいい。

問題は――、消滅した世界のなかに、例の異世界旅行者――〈ロッサ北町〉の存在した世界も含まれていたということだった。

スカルラットのチームにとって現在もっとも重要な情報が、失われてしまったのだ。本来は時間をかけて徹底的に精査するはずの世界の情報のうち、ダウンロードできたのはほんの僅かだった。

(よりにもよって、どうしてその二つが重なってしまったんだ)

スカルラットは立ち上がった。すこし仮眠をとろう――と彼は思った。しかし仮眠室まで行くことが億劫《おっくう》でしょうがなかった。だいたい、体力が極限の状態において、ひらめくことだってあるのだ――ここで睡眠をとることは、その機会をあきらめてしまう行為のようにも思えた――しかし、その機会というのは精神的には燃えているときに限られるのである。いまはもう、ほとんど参ってしまっているから、カーヴィアのいうとおりにすることが、やはり、きっと正しいのだろう――スカルラットはそう結論づけた。

そこへハントウがやってきた。

彼は自然な調子で、しかしまわりの研究員たちには聞こえないように、スカルラットに言った。

「チーフ、すこしよろしいですか？」

「なんだ？」

スカルラットは、どんなに疲れているときでも、部下の質問にはその場で答えるということをポリシーとしていた。

「すこし、場所を移したいのですが」

「ここじゃあダメか？」

「最適ではないです」

「わかった」

「……わたしもよろしいかしら？」

カーヴィアが立ち上がって、ハントウに訊いた。「何か、楽しいお話をするんでしょう？」

「もちろんです」

とハントウはにこやかに答えた。

部下に連れられてスカルラットがやって来たのは、あまり使われていない倉庫だった。

「こんなところに何の用事があるっていうんだ？」

「まあまあ。とりあえず入ってください」

ハントウは常に冷静沈着《ちんちゃく》で、彼の心を見透かすことは不可能に等しい。スカルラットはしかたなく彼の言うとおりにした。

「おお、来たな。チーフ。それにカーヴィアさんまで」

狭い倉庫のなかには、三人の部下が待っていた。

ヒメ、ヤチ、スミス。

「おまえら……どうして」

部下たちは——ヒメひとりを除いて——全員わるだくみをしている顔だった。

「作戦会議ですよ、作戦会議。ひみつのね」

とヤチが言った。

いいから仕事をしろよ、仕事を——と、思わずくちに出しかけたが、スカルラットは言わなかった。それはけっして部下には言わない、ということが彼のポリシーだったからだ。仕事というのは常に自主的にやらなければ、まったく価値がない。そのかわりに彼は訊いた。

「そのわるだくみというのは、なんだ？」

「いやぁー、チーフ。人聞きが悪いですねぇ」

ヤチがにまにまして言った。

「ぼくたちにとって、いまもっとも重大な問題を解決しようという試みです」スミスが言った。

「重大な問題？」スカルラットは怪訝そうな顔で訊いた。

「ええ。このままではこの研究所は、三日後に停止。そんなことになったらぼくたち、路《ろ》頭《とう》に迷ってしまいます」

「だからといって、研究を続ける以外の方法があるとは思えないが」

「それがあるんですよ」

と、ハントウが言った。彼がいつものポーカーフェイスをすこし崩して悪い顔をしたので、これはまったくもって正当なやりかたじゃないぞ——とスカルラットは身構えた。

「デイモンが〈エイダ〉の事業撤退の報告書を本部へ送信したのが、十日まえ。これはその日のうちに受理されました。彼の権限内のことなので、拒否されることは、まぁ、ありえないのです」

「残念だがそのようだ」

「しかし、彼のこの執行力こそが、我々のつけいる隙《すき》にもなるのですっ」ヒメがいつものふわふわとした声で、大マジメに力強く語った。

「つけいる隙って……おい。穏やかじゃないぞ」

「つまり一度提出された報告書の取り下げを彼が行えば、これも必ず受理されるってわけ」

ヤチが笑顔で言った。

「そんなことは不可能だ」

「いいえ、可能ですよ」

とハントウ。「たしかに、報告書は彼の端末から送信しなければならないし、彼が自主的にやってくれることはまずない。それに、彼の端末をクラッキングすることだって困難だ」

「しかーし！」

スミスが立ち上がった。「本部への報告にはもうひとつの方法があーるっ」

「チーフ——それをご存じですかぁ？」

ヒメがスカルラットの顔をみて訊く。

「いいや、知らない」

スカルラットはかぶりを振る。

「タブレット端末です」

とヤチが言う。

「たぶれっと……。なんだそれは？」

スカルラットには馴染みのない単語だった。

「一定の階級以上の社員には、配られている情報端末です」

ハントウが説明した。「まぁ、じっさいに使っている人なんて、ほとんどいないでしょうけれど。あまりにローテクすぎるんですよ。コスト削減というのなら、こういう古めかしい風習から順にカットしていってもらいたいですね。——しかし配給されていることは確かですよ」

「ああ……まて。まて。思い出したぞ」

スカルラットは眉間を指で押しながら言った。「たしか、そうだ。……おれがいまの役職に就くとき、そういえばそういったものが、本部から送られてきたな」

「そのはずです。それはいまどこにありますか？」

「おれの部屋……いや、いまはデイモンの部屋か。あの部屋の奥の棚に、奴が処分でもしていなければ、まだ仕舞《しま》ってあるはずだ」

「よかった」

とヤチが言って、

「これでやれますねっ」

とヒメがうなずいて、ふたりは嬉しそうに手を取り合った。

「まて、そのタブレット端末を使ってどうするつもりだ？」

スカルラットは訊いた。

「指紋認証ですっ！」

とヒメは意気込んで答えた。スカルラットにとっては説明不足だった。彼にとっては、その言葉も聞き慣れないものだったからだ。といっても、指紋という言葉も認証という言葉も知らないわけではないから、だいたいの察しはついた。

「タブレット端末では」

ハントウが補足した。「身体的特徴を使って、アカウントにログインすることができるんです」

「というと、デイモンの指紋をその端末にかざせば」

「押し付けるのよ」

とヤチ。

「よく調べたな。……しかし、どうやって彼の指紋を手に入れるつもりだ?」

当然、デイモンが協力してくれるわけがない。

「すこし古典的な方法でやろうと思います」

ハントウが言った。「かといって、本部長の指を切断して奪い取る——というほど、原始的なやりかたではありません」

「どうするつもりだ?」

「ユーワクする」

ヤチが答えた。「そして睡眠薬をもる」

「本気か?」

スカルラットは驚きに眉毛をあげた。

「ほんきですっ」

とヒメが即答した。彼女が本気でないことなんて、スカルラットはこれまで一度もみたことがない——これは本人から聞いた話だが、ヒメはおそろしいことに、生まれてこのかた冗談というものを一度もくちにしたことがないらしい——すくなくとも、彼女とある程度接してみれば、それは本当かもしれない——と思えてくるほどに、彼女はばか正直なのだ。スカルラットは困った。

「つまり、その。二百歳近いお爺《じい》ちゃんを、誘い出すつもりか? 性的に」

「肉体クリーニングで、下半身は現役のはずよ」

とヤチが言った。

「……で、誰がやるんだ？」

スミスがみんなの顔をみた。

「はーい。あたし、やりまーす」

潑剌《はつらつ》とした声でそう言って、ヤチが元気に手をあげた。

「それは……」

ハントウが珍しく言いよどんだ。

「なによ」

――きっ、とヤチがハントウを睨みつける。「言葉を、慎重に選ばないと、あたしはとびっきり、傷つくわよ？」

「エストロゲンがたりないな」

「……予想を超えた、ド直球！」

ヤチは大げさに驚くように言ったが、怒ってはいないようだった。「そうなると、やっぱりヒメちゃん？」彼女はみんなに確認した。

「ああ。おれはヒメが最適だと思う」

ハントウがいつもの、落ち着いた低音で言った。「男なら誰だって、彼女とセックスしたいだろう？」

「もちろんそうさ！」

スミスがノータイムで賛同する。

ハントウは同意を求めるように、スカルラットをみた。スカルラットはぎくりとした。

「それは、えー……と」

言葉に詰まるスカルラットの顔を、カーヴィアが覗き込んで、いじわるな目をしながら無言でみつめた。

「……まぁ、適任だろうな」

とスカルラットは言った。

「わたしの夫は素直ね」

カーヴィアはにこりと微笑んだ。

「わたし——がんばりますっ」

ヒメが両手で拳をつくり、ファイティングポーズを取った。その豊満な胸が揺れた。

「ところで」

ハントウが話を仕切り直すように言った。「当然この違反は、間違いなく、あとでデイモンに知れることになる。そのとき、誰がこの責任を取るか、という話なんですが」

そう言って彼は、スカルラットに目をむけた。

「まぁべつに、上司に命令されなくたって、ぼくたちは自主的にこれをやりますよ」とスミスが言った。

「そうね」

とヤチが短く言った。

「もちろんですっ」

とヒメが同意した。

そうして彼らは、全員がなにかを期待するような目で、スカルラットをみつめた。

「あーもう。これだからおれの部下は！」

スカルラットは頭を抱えて、歩きまわった。目まいがしてきた。眠気はとっくに吹き飛んでいる。——結論は決まっていた。というのも、この狭い倉庫に自分が来なかったことには、どうしたってできない——それは彼のポリシーに反する——彼は、部下の責任を取ることが、上司にできる最大の役目だと考えているからだ。

彼は部下たちに命令した。

「ＧＯだ！」


「いつ決行しますか？」

ハントウがスカルラットに訊いた。

スカルラットは時間を確認した——ちょうど夜だった。

「いますぐだ」

「本部長、部屋にいるかしら」

ヤチが言った。

「アルト！」

スカルラットはＡＩを呼んだ。すぐに愛らしい少年が、目の前に現れた。

「お呼びでしょーか？」

「デイモンはいまどこにいる？」

「仕事部屋を出て、私室に戻っています」

「そうか。ありがとう——以上だ」

はーい、と言って、少年は視界から消えた。

「おれはいまからタブレット端末を取ってくる」

スカルラットは部下たちに言った。

「心の準備はできた？」

ヤチがヒメに訊いた。

「それは、えーっと……」

ヒメがすこし困った顔をした。

「どうしたの？」

ヤチがその顔を覗き込む。

「——その、水色の下着って、エロいですかっ？」

不安そうにヒメが訊いた。

「エロいよ！　すっごくエロい！」

スミスが全力で肯定《こうてい》した。ヤチがあきれた顔を彼にむけた。

「おれもそう思う」

ハントウが言った。「だからヒメ、わざわざ着替える必要はないぞ」

「あー。ところで」

スカルラットは部下たちに訊いた。「この作戦にはタブレット端末とヒメの勇気以外にも、睡眠薬が必要となるわけだが、なにかあてはあるのか？」

「それならここに」

と言って、ハントウがポケットからカプセルを取り出した。

「さすがだな！」

スカルラットは無理やり賞賛した。

（——おれの部下はなんて有能なんだ！　鳥肌が立つ！）

「これくらい、わけないですよ」

有能な部下はにこやかにこたえた。

相談があります——と言って、ヒメはデイモンの部屋にひとりで入っていった。スカルラットは元自分の仕事部屋へ行き、タブレット端末を探した——それはすぐに見つかった。彼は端末を抱えて、デイモンの私室にむかった。部下たちは通路にいた。部屋のドアがぎりぎりみえる場所で、スカルラットと部下たちは待機した。

「……あいつ、大丈夫か？」

スカルラットは心配になった。ヒメが部屋に入って、かれこれ三十分ほどが経つ。彼はそろそろ、自分が突入することも考えはじめていた。

「大丈夫」

ヤチが自信満々に言った。「あのこ、意外と要領《ようりょう》いいのよ」

ドアが開いて、ヒメが出てきた。

みんなが彼女のもとに駆けつけた。

「どうなった？」

「すごく」

ヒメは自分の胸を押さえて言った。「どきどきしました。でも楽しかったです」

高揚《こうよう》して赤みがかった彼女の頬を眺めながら——これでほんとうに六百歳なのか？　とスカルラットは思った。

ヒメはチームで最年長だ。

一同がデイモンの私室に踏み込むと、自分たちの上司はベッドのうえで、パンツ一枚の格好でのびていた。ベッドのわきのテーブルにはワインの入ったグラスが二つ並べられていた。――あれにクスリを入れたのか、とスカルラットは思った。

「さあはやく」

まっさきにデイモンのもとへと向かったヤチが、彼の腕を持ち上げた。スカルラットはタブレット端末を起動してログイン画面を表示した。液晶にデイモンの手を乗せると、ピロン、という音がなって認証に成功した。

「やったぞ」

「ほんとうに？」

「成功だあ」

「しーいっ、静かに！」

ヤチがささやくように言った。「……チーフ、お願い」

スカルラットは頷きを返して、タブレット端末を操作し、待っている間に用意した〈にせの報告書〉のファイルを本部へと送信した。

# 第三章　セカンドステップ

TSTのドアを開けるとそこには思いもよらない光景が広がっていた。マシンを降りてみると足の裏に柔らかい感触がした。

葉っぱだ。

葉っぱの絨毯だ。

学校の屋上が、緑で溢れかえっている。

四方のフェンスにツタが絡みついて、外の景色を遮断《しゃだん》する程度の厚い緑の壁を作っている。ひょっとすると、校舎全体がツタで覆われているのかもしれない。

わたしの時代からまったく変わらない距離感で仲良く並び続けているものの、他と同じく緑に覆われた室外機の、その中から、ちょろりと細い枝が出ていて——その先に小さな可愛い花を咲かせている。

すべてのものが、雲一つない空に高々と位置する太陽の、強烈な光線を浴びて光り輝いている。

未来はなんだか白かった。

兎《と》にも角《かく》にもここから降りようと思って、わたしは出口を探す。鉄扉はすぐに見つかったもののえらく錆《さ》びついていて、全体重でもって引っ張らないと開いてはくれない。

がぎぎががっ。

外が明るすぎたせいで、校舎のなかは暗くみえる。

――誰かいるだろうか。

あまりに静かで、授業中とは思えないけれど。

休日かなあ。

未来の学生は、どんな制服を着ているのだろうか、なんてことを考えながら階段を下りて四階に着いて、廊下を見渡してみる。ずらりと並んだ窓ガラスの大半が割れていて、校舎のなかにも植物が侵入していて、そこでわたしは、やっと理解する。


すでに廃校しているのだ。


この学園の高等部が。――いや、この調子だとおそらく中等部も含めて、この学園全体が、その役目を終えている。

巨大な廃墟《はいきょ》となったわたしの学校。

割れた窓から中庭を見下ろしてみると、大きな木が、テニスコートのグリーンクレイをぶち抜いて生えていて、なにやら実までも付けていた。

教室のドアには鍵が掛かっていなくて、入ってみると、机も教壇もそこには残されていて、それらは廃墟とは思えないほどに綺麗に整列していた。開いたロッカーのその中から、使い古された箒《ほうき》がひょこりと顔を覗かせている。
破れたカーテンの隙間からツルが侵入して天井を覆っている。
教室のいちばんまえの――黒板。
そこにはチョークで目一杯に大きく、メッセージが書き込まれていた。

『県立南学園　ありがとう!』

最後の卒業生が残していったものだろう。
黒板にはそれがいつだったのか、ということが西暦で記されていた。

その年はわたしが卒業する予定の年の、八年後だった。

☽

学校を出ると、再び真っ白な世界。
膨大な光量を調整するのに瞳孔《どうこう》がきゅーっと閉じる感覚。思わずサーチライトを当てられた泥棒みたいに、両腕を顔のまえに構えて妙なポーズを取ってしまう。もしいまこの姿を誰かに見られてしまって、いやだわぁーあの子、思春期特有の微妙にズレた格好の付け方をしているわぁ――なんて、思われてしまったらどうしよう。考えただけでも、超恥ずかしいではないか。

しかしその心配は、じつのところ全く不要だった。

というのも、すこしずつ光に慣れながらじわりじわりと目蓋を開けてみれば、そこに在る、わたしの住んでいた街は、ゴーストタウンになっていたからだ。

国道に出てみれば、昼だというのに車は一台も通っていないし、それどころか人が一人もいないし、その気配もないし、信号機には赤も青も――ついでに黄色のランプも、灯ってはいないし、真っ黒でピカピカだった道路は日に焼けて白くなっていて、真っ白でピカピカだった車線は擦《かす》れて消えかかっていて、アスファルトの下からへんな木が生えていて、道の脇は草木でぼーぼーで、よく見るとそこには立派なヤシガニがいて、南の島で飛んでいそうな、やけに大きな青い蝶《ちょう》が、南の島で咲いていそうな、やけに綺麗な赤い花（――というかどう見てもハイビスカスだ、わーい、きれー！）の周りを、死ぬほど平和そうに舞っている。

つまるところわたしの街は、まるごと廃墟になっていて、しかも自然と一体化していた。

☾

これではまるで、『アイ・アム・レジェンド』か、『28日後…』ではないか。

人はどこに行ってしまったのだろう。――まさか、みんなゾンビになっていて、昼間は屋内で、静かにうぅぅ……っと、唸ってたりはしないよね？

これからこの時代を探索するとして、とりあえず、教会をみつけたとしてもぜったい入らないことに決めておこう。どれほどの罪を背負っていてもだ。特に、『悔い改めよ、終わりの時はクソ近い』なんて文句が壁に殴り書きされてあったりしたら要注意。そこの神父はほぼ間違いなくゾンビ化している。

――そんな非現実的なことを空想しながら、実際にはホラーとは対極にありそうな、むしろ天国があるとすればこんなかんじなんじゃないかと、そう思わされるくらい長閑《のどか》で静かな真夏の世界を、わたしは、捨てられた国道（――べつの呼び方をするなら、アスファルト製の安い遺産）の上を歩きながら、クジラ公園に向かって探索する。


そういえばわたしとビアンカの家はどうなっているのだろう、なんてことを一瞬考えるけど、きっと家の周囲には植物が氾濫《はんらん》していて、その風貌は、森のなかにひっそりと佇《たたず》む魔女の家みたいになっているのだ。それに、もしもわたしとビアンカの家が、わたしたちの名義のままで残っていたとして――あるいは、わたしとビアンカの家が、わたしたちの名義のままでなくとも残っていたとして――今のわたしの精神は、廃墟となった学校内を歩き通したそのときから、ＴＳＴで飛んだ分くらいの年数を過ごしたように老けてしまっている気分だから、その家をまえにすれば、わたしの胸のなかで感傷と郷愁《きょうしゅう》がはち切れて、『ニュー・シネマ・パラダイス』の、故郷に帰ってきたときのサルヴァトーレのように、密やかに泣いてしまうかもしれない。

というわけでこの時代のわたしたちの家を、わざわざ見に行くこともないだろうと思うのだ。

歩きはじめて間もないころ。

わたしはふと、足を止めた。

そこには緑の茂《しげ》みに紛れて、郵便ポストが立っていた。

それは年季が入っているというだけの、どこにでもある普通の郵便ポストであるにもかかわらず、なぜか、思わず足を止めて見惚《みほ》れてしまうくらいに、異常なまでに——映《は》えてみえた。

あれれ。

ポストって、こんなに綺麗だっけ？

そんな疑問が頭に浮かぶ。

そして瞬く間に、解決する——。

わたしの疑問を解決するのは、いつも、いつだって、姉との何気ない会話のなかの、彼女の言葉だ。

『それは、補色調和が発生するからよ。反対の色が一緒に並ぶと、互いが互いを引き立て合うの。――反対の色？　そうね、だいたい……青の反対は黄色で、赤の反対は緑と、そう覚えておけば、デザインのプロでも無い限り問題ないわ』

……なんてことを、ビアンカはわたしに話したことがあった。

つまり目の前の郵便ポストがやけに浮いてみえるのは、反対の色である緑に覆われているから、ということだ。これを料理に応用すると、サラダを綺麗にみせるためのプチトマトになったり、あるいは、ファッションに応用すれば、差し色に何を使えばいいのかがわかったりする。ということを、ビアンカはわたしに、あわせて教えてくれた。

「でもお姉ちゃん。補色調和なんていう知識は、お姉ちゃんのやってることとは、関係ないんじゃない？　だって、お姉ちゃんは理科全般が好きで、そのなかでもとくに生物を専門としているんでしょ？」

当時のわたしはこう訊いた。

『ロッサ、それには二つの誤りがあるわ。まず、わたしは科学以外の知識でも――つまり、この世のすべてのことに――興味があるし、それに、補色調和は生物にも関連してるのよ』

「そうなの？」

『ええ。自然界の生物のなかには保護色を持つものと、警告色を持つものがいて、たとえばテントウムシなんかが警告色を持つ生き物の代表なんだけど、ふだん緑の葉っぱの上にいる彼らは、補色である、鮮やかな赤色の翅を持つことで、天敵に警告しているのよ』

「なるほどねえ」

そもそもテントウムシがなぜ緑色じゃないのか、という疑問すら、湧いたことがなかったわたし。

ビアンカの雑学は続く。

『他にはそうね、……太陽光には、〈赤色の成分〉がとくに多く含まれているわ。そして物には補色の光を吸収しやすい、という性質があるの。だから、たいていの植物は緑色をしているわけよ』

「へぇー、そうだったんだ！」

葉っぱが緑色であることに、まさか理由があったなんて！

『ところがどっこい。海水にはその赤色を吸収するという性質があるから、ある程度の深さの海には赤い光がほとんど届かないの。すると、その場所では植物は生きられないと思うじゃない？　でも大丈夫。深いところにいる彼ら海藻は進化して、身体を赤色に変えたのよ。ワカメやテングサが代表例ね。つまり彼らは、その深さでも届く〈緑系の光〉を吸収しやすい身体になって、生きているってわけ』

「なるほどぉー。……お姉ちゃん、すごい」

いつもこんな調子で圧倒される。しかもビアンカは、こういったことを毎日のように話すから、ビアンカを姉に持つと、学校では教えてくれない色々な——ほんとうに、色々な知識が——身につくことになる。

そして知識が身につくと、その度に、みえる景色が変わる。

比喩ではなく。

ほんとうに変わる。

だから、すこし大げさかもしれないけれど——ビアンカはある意味、わたしの目のまえにある世界を一瞬にしてぜんぜん違う姿にしてしまうという、前代未聞の、途方《とほう》も無いスケールの奇術をやってのける、スーパーマジシャンなのだ。

……などと、恥ずかしいセリフを言ってみたり。

自分の考えごとで、こっ恥《ぱ》ずかしくなりながら歩き続けていたわたしは、またふと、足を止めて――そして見上げた。

街のはずれの、真っ白な雲のすこし下。

そこには〈高圧送電線用の鉄塔〉があった。それはこの街の変電所と他の街の変電所を繋ぐ、八十メートルほどの高さの立派なものだった。

『高圧送電線が高い位置にあるのは、空気を絶縁体としているからよ。……そう。高圧送電線には、じつは、絶縁体は巻かれていないのよ。そして、空気は優秀な絶縁体なんだけど、低すぎると、その〈厚み〉が足りないってわけ』

わたしはその奇怪な光景に圧倒された。

信じられないことに、異常に巨大化したガジュマルの木が、その鉄塔をまるごと呑み込んでいた。

『ガジュマルはね、周囲の木に複雑に絡みついて、その土台となった木を枯らしてしまうから、〈絞《し》め殺しの木〉とも呼ばれているわ』

巨大化したガジュマルの木が極太《ごくぶと》の鋼管をへし折って、鉄塔はぐにゃりと、まるでとなりの山にお辞儀《じぎ》でもするみたいに、傾いていた。

「ほらぁ、ちゃんと挨拶《あいさつ》しなさいってば！」

「ぐへぇ、母ちゃん、あばらがぜんぶ折れてるよぉ！」


……などと、しょーもないことを小声で呟いたりもする。

大丈夫だ。誰も聞いていないから。

というか、この世界にははたして人がいるのだろうか。まさか、わたし主観でのここ数日のごたごたで、未来世界で人類が滅びた、なんてことはないよね？

――そんなベタなこと、あるはずないか。

そろそろ人に出会いたいなぁ。


わたしはさらに歩き続けて、地域密着型というよりは、もはや地球密着型みたいになってしまった信用金庫（――当然、融資《ゆうし》は下りない）のまえを抜けて、クジラ公園のすぐ近くまで来たけれど、しかし公園に入ることは叶わなかった。

ちゃぱちゃぱ、という音がわたしの足元で鳴った。

公園まえの緩《ゆる》やかな下り坂が、水浸しになっている。

それが何かはすぐに解った。

――海水だ。海が、ここまでやってきたのだ。

まえにノブが言っていたように、未来世界では、わたしがいた時代よりもずっと海面が上昇して、日本の大部分が海に沈んでいる。この時代は、ノブの生まれる時代よりもまだ前だけど、もうそれが始まっているのだ。

水没した街の水面は日光を受けてきらきらと輝いていて、それがずっと向こうまで続いていて、遠くの陸橋《りっきょう》やビルの屋上なんかが、ちょっとした小島のようになっていて、目の前の浅瀬《あさせ》に視線を落とすと、一見なにもないのかと思えるくらいに水はクリアに澄み渡っていて、よく見るとそこには可愛らしいカニがいて、南の島で泳いでいそうな、やけにカラフルな小魚たちが、南の島で生えていそうな、やけにたくましい樹木（——というかどう見てもマングローブだ、わーい、すげー！）の根元を、死ぬほど平和そうに廻《まわ》っている。

わたしはちゃぱちゃぱと前に進む。ひざ下が濡れるくらいのところまで。冷たくて気持ちが良い。そこにいる小さなカニに手を伸ばす。簡単に捕まえることができる。何事かと、驚いたカニはハサミと足をおろおろとさせる。——可愛い。ヤシガニだとこうはいかないだろうなぁ……。

後ろで誰かの足音がした。

ばしゃばしゃと、かなり慌てて浅瀬に踏み込んだような音がする。わたしは振り向いてそれを見る。——巨大な猪《いのしし》だった。体重百キロはありそうなニホンイノシシだ。立派な牙《きば》が生えている。わたしは生まれてはじめて、具体的に命の危機を感じた。

『この国の生き物で一番出会いたくないのは熊、その次が猪ね』

はっきり言ってヤバい。ばっちりと目が合っている。向こうも近づきたくはなかっただろうに、余程《よほど》あわてていたのか、わたしたちの距離はすでに三メートルもない。

――わたし、パーソナルエリア広いんですよね、てへへ。

――いやぁ、奇遇だね、オレもじつはそうなんだ、えへへ。

言葉が通じればそんなかんじで互いの危機を乗り越えられたはずだけど――絶対にそうなっていたということに、わたしは一定以上の自信があるんだけど――しかし、牙をカチカチと鳴らして威嚇《いかく》している相手に、そんなことは求められるはずがない。

『牙をカチカチと鳴らしていたり、うろうろと動き回っていたりすると、要注意。興奮している状態よ。太ももに気をつけて。牙が大腿部《だいたいぶ》の動脈を突き破って大人が失血死するなんてことが、田舎では意外とよくあるのよ』

猪は落ち着かないようにうろうろと動き回りだした。完全にわたしのことを意識している。わたしと同じように、きっと彼だって決断を迫られているのだ。(目の前の二足歩行のバケモノに、オレは死に物狂いで牙を突き立てるべきか？　やるか？　やっちまうか？　えぇっ？）――その決断をさせないように、わたしは彼を見たままゆっくりと後ずさる。

『ぜったいに背中を向けてはダメよ。すぐに突進してくるわ。――ウサイン・ボルトとおなじ、時速四十五キロでね。……あと、猪はまっすぐにしか走れない。……と思われがちだけれど、彼ら、ふつうに曲がれるわよ。滑《なめ》らかにね』

猪は前足で地面をガリガリとやり始めた。わたしはそぉうっと、手に持っていたカニを水中に帰した。「はよぉお逃げっ」そして一歩、二歩とさらに後ずさる。

猪は突然動き出した。わたしは猿みたいに「うきゃあ」と叫んだ。あまりの焦りから「うわあ」と「きゃあ」がこんがらがって間抜けな声になってしまったのだ。恥ずかしい。しかし猪はわたしに向かってくるわけではなかった。そのとき藪《やぶ》のなかからオフロード車が飛び出してきた。背中にスペアタイヤのついたゴツい車だ。猛スピードの車は走り始めた猪に追いつき思いっきり撥ねた。どぉぅん、という凄い衝撃音が鳴った。――状況がよくわからないけど、ありのままに今起こったことを話すと、停止した車から全裸の女の子が猟銃《りょうじゅう》を持って降りてきて、道に倒れた猪にトドメを刺した。女の子はガッツポーズして、「よっしゃぁあああ、ついに仕留《しと》めたぜー！　手間かけさせやがってぼたん鍋の具めー！すぐさまあたしの胃に収納されろー！」と吠えた。

わたしはおそるおそる彼女に近づく。「あのー」と言うと彼女はやっとわたしに気がつく。近くで見てもその少女が全裸であることには変わりないけど、熱中症対策なのか、麦わら帽だけは被っている。帽子の下からはふんわりとしたクリーム色の髪がのぞいていて、それは胸にはぎりぎり届かないほどの長さ。日に焼けたと見える褐色の肌。彼女の体軀《たいく》はやせ型でわたしとおなじくらいに見える。ついでに胸もわたしと同じくらいだから、たぶんBカップ。腰にすら何もつけていないから、ほんとのほんとにすっぽんぽん。〈不自然に差す光〉や〈厚みのある湯気《ゆげ》〉はここには存在しない。ぜったいにない。〈意味不明な黒い影〉や〈レンズフレア〉も存在しない。ぜったいにない。なのでわたしは目のやり場に困った。

こういうときに、こういう相手に、何を言えばいいかわからずに困ったわたしに向かって、彼女は平然と「こんにちは」と挨拶をくれた。倒れた猪を猟銃で指して、「ぼたん鍋をご一緒しませんか?」と続けた。彼女はさらに、「ね? いいよね?」と車に向かって言った。車のなかに他の誰かがいるらしい、とわたしはそこで気がつく。車の方を見てみると、そのなかから五十歳近くに見える男性が現れた。

なんということだろうか。

車から降りてきたその男性もすっぽんぽんで、――いや、正確に言えば彼も麦わら帽だけは被っているのだけれど――しかし、そんな装備はわたしにはまったくの無意味なのだ。わたしは意図せず年季の入ったフルチンを目撃してしまった。そこには〈不自然に差す光〉や〈厚みのある湯気〉は存在しなかった。ぜったいにない。〈意味不明な黒い影〉や〈レンズフレア〉も存在しない。ぜったいにない。

脳みそに直接チョップされたみたいな感覚を受けたわたしは、あーこれ、つい最近やったあれだー、気絶するやつだぁー……というところまでを意外と冷静に考えて——だからといって何も抗うことができずに——その場に卒倒《そっとう》した。

☾

目が覚めると、テントの中だった。

外はもう日が沈んでいるらしい。おそるおそる顔を出すと、様子は変わっているけれど、そこはわたしの知っている小さな公園のなかだった。さっきの全裸の親子が水飲み場のまえにいて、彼らは焚《た》き火をしていた。

女の子がわたしに気がついて、「大丈夫かい、キミ、よっぽど猪が怖かったんだね」と、優しく声を掛けてきた。「おいで」と言って彼女は手招《てまね》きをする。

わたしは彼女のとなりに座る。彼女は相変わらずの全裸だった。麦わら帽すらも脱いでいた。ボーイッシュな声と行動力がありながらも、外見はめちゃくちゃ可愛らしい。焚き火には鍋が掛けられて、そのとなりに、山盛りのお野菜と、綺麗に捌《さば》いた猪肉も用意されていた。ほんとうにぼたん鍋をやっている。

焚き火の向こうにさっきの男性がいて（やはり全裸だった）、彼は茶碗にご飯を盛って、それをわたしにくれた。わたしは彼の身体を極力《きょくりょく》見ないようにして、それを受け取った。

「助けていただいて、ありがとうございます」とわたしは言う。

「いやいや、お嬢ちゃん、あれはおれたちが悪いんだよ」と男性は、低音の利《き》いた良い声で申し訳なさそうに言う。

「あたしたちが、キミの場所までこいつを」女の子は猪肉を箸《はし》で指して、「追い込んじゃったんだよねぇ」と言った。「というわけだから、キミにはこいつを山盛り食ってもらわないと、釣り合いが取れないってわけさ。——父さん、灰汁《あく》取りは頼んだぜ」

「へいへい」

女の子は大量の猪肉を鍋にどさーと放り込む。

「おいてめえ、そんなにいっぺんに入れんじゃねえよ、だしが溢れまくってるじゃねえか」と男性は言うが、べっつにいいじゃーんと言いながら女の子はさらに具を追加する。

それからお祭り騒ぎになった。


わたしの人生はじめてのぼたん鍋に、味の感想なんてものは必要ない。目に映る親子の楽しいやりとりが、食事という行為そのものをこれ以上ない程に引き上げ、それは天井にまで到達し——味の重要性が、ついに失われたのだ。この道七十年にしてわたしはようやく気がついた——それこそが至高の料理だった。

……などと、死ぬ間際に家族と食事をした料理の鉄人が言いそうなことを考えたりもする。

わたしって妄想癖《へき》があるのだろうか？

というか鉄人、ぼたん鍋食べたことないんかい。

……雑な妄想だった。

ふつうに美味しいぼたん鍋を食べ終えて、わたしは後片付けを手伝わせてほしいと言った。男性はそれをいらないと言ったけど、女の子と一緒に食器を洗い始めたわたしのことを、彼は別段《べつだん》止めようとはしなかった。

親子二人は自分たちの話をいろいろと聞かせてくれた。

男性の名前はハザマという。彼は二十五年まえの大学生のとき、ネイチャリストになったそうだ。ネイチャリストというのは、たしか裸体主義の人たちのことだ。わたしだってそれくらいは知っている。わたしの時代にも少数ではあるけれど、ヨーロッパを中心に存在していた……と思う。衣服を着た第三者のまえでもこれだけ堂々としているところを見ると、この時代には、特に珍しくもない人種なのかもしれない。ネイチャリストというと、ある意味わたしとは対極にある人たちだ。わたしなんかは服を極力身につける生活をしていて、風呂にだって、たまには服を着たまま入るもんね。

という嘘を塩崎に話したことがある。

ハザマはガソリン車をわたしに自慢した。たしかに、この時代にガソリン車というのは珍しいのかもしれない。わたしの時代でもすでに、電気自動車に移行しつつあったし。

女の子の名前はカンナ。彼女はもともと普通に育てられていたけれど、父親の影響で、小学校の卒業とともにネイチャリストになったそうだ（——思春期に服を脱ぐなんてすごすぎる！）。彼女は普段は服を着て過ごしているけれど、休日になるとこうして街を出て人のいない場所へ来て、父親と裸でキャンプをするらしい。

わたしは目の前の親子が、すこし奇妙にも思えたけれど、とても羨ましくも思えた。

ハザマが食後の珈琲（——わざわざ豆から挽《ひ》いたもの）を淹れてくれて、それをみんなで飲んでいる時、ふいにカンナが、わたしのことについて訊いてきた。

「ところでさぁ。キミは、どうしてこんな何もない場所を一人で歩いてたの？」

その回答に、わたしはすこし躊躇する。

「実はね、わたしは、〈ウブメ効果〉の仕組みを知るために、タイムトラベルしてきた過去人なの」

……なんてことを、面と向かって堂々と話すべきではないだろう。ジョン・タイターだって顔出しはしていなかったはずだ。そう思って、わたしは食事の後片付けの間に用意しておいた言葉を使った。

「街に行くつもりだったんだけど、それが迷子になっちゃって……」

この答えに不自然な部分はないはず。しかも、こう答えておけば、この時代ではどこにあるのか見当もつかない人口密度の高い場所を——つまりは〈ウブメ効果〉の情報がある可能性の高い場所を——ごく自然に訊くことができて、一石二鳥。わたしって賢い！　カシコブレーン！

……そう思っていたけれど、予想外のことが起きた。

「マイゴって？」

カンナが不思議そうな顔をする。「いま、マイゴって言ったの？」

「ええ」

わたしは何かおかしなことを言ったのだ。それってなんだろう？

……ああ、そうか。この時代には、たぶん、迷子が存在しないのだ。わたしのいた時代だって、GPSの付いたケータイ端末で、自分の位置とその周辺の地図を見ることが当たり前になっていたじゃん！　なに『迷子』なんて言ってんの？　バカじゃないか、わたし！

きっとそういう機能を持ったガジェットが、この時代では全国民に、完膚《かんぷ》なきまでに普及しているのだ。カンナの反応をみていると、まるでこの時代では『迷子』という言葉そのものが失われつつあるようだ。

カンナは疑うような目でわたしを見て言う。

「キミって〈リプラント〉受けてないよね」

意味のわからない単語だった。わたしに向けた質問というよりは、彼女自身が、なにかを把握しようとしているようなイントネーション。

続けてカンナは訊く。

「〈グラス〉も持っていないの？」

それもよくわからない言葉だったけれど、わたしは当てずっぽうで、短く「うん」と答えてみる。

するとカンナはあからさまに驚いた。「へぇーっ！　そんな人っているんだねー！　あたし、はじめて見たー！」

このまま質問を続けられるとあっという間にボロを出すぞ。わたしはこの時代の平均的な人間ではないということについて、嘘の理由を並べ立てられるほどの知識を持ってはいないのだ。

それはつまるところ、過去から未来へタイムトラベルするときの、一番難しい問題でもあった。

けれど、思わぬところから助け舟《ぶね》が出た。

ハザマが、閃いたという顔をして、言ったのだ。

「お嬢ちゃん、ひょっとして、厳格なネイチャリストの家に生まれたんじゃないかい？　東北には、そういう家がちらほらあるって、仲間に聞いたことがある。その子供には〈リプラント〉を受けさせず、〈グラス〉も与えず、半世紀もまえの生活をさせているらしい」

わたしはそれに飛びついた。

「そうべ！　じつは、そうなのべ！　だからわだす、常識的なことでも、ぜんぜん知らなかったりするっちゃ」

しかしこれが大失敗だった。

「そうだったのかあ！」

すこし天然が入っているらしい少女カンナは、ハザマの推論とわたしのハチャメチャな訛《なま》りに納得をしてくれたものの、次の瞬間、わたしにこんな言葉をかけてくれたのだ。

「それじゃあ服を着ているのは窮屈《きゅうくつ》なんじゃない？　ここにはあたしたちしかいないし、脱げばいいよ。どうぞ」


おぉ、じーざす！

そんな気遣《きづか》いいらないよ！

仮にこの場にいるのがカンナとわたしの二人だけならば、もちろんかなりの抵抗はあるが、頑張れば、めっちゃ頑張れば、それをすることができる可能性はないこともないのかもしれない。けれど現実には、目の前にはもう一人、赤の他人のダンディなおじさんがいるのだ。彼がわたしの裸を見たところで特に性的に興奮を覚えない、ということをわたしの頭はぎりぎり理解できなくもないが、ぎりぎり理解できなくもないからといって全部、すっぱり、一枚残らず、彼の目の前で脱いで、しかも手で胸や股間を覆ったりしない、なんて芸当《げいとう》をこなせるほどの、清水《きよみず》の舞台から、いいや東京スカイツリーのテッペンから飛び降りるようなそんな度胸をわたしは当然持ちあわせてはいない！

ここは一歩も引き下がるわけにはいかない！　戦略的に言って、わたしの纏《まと》う衣の下にあるのは――

本丸だっちゃ。

「……いや、いいよ、べつに」

「なんで？」

「だって、ここらへんって、虫が多いでしょ？」

「バリア張ってるから大丈夫！」

「……」

え、なに？

バリアとか張れんの？

未来の技術ってすっげー！

「なんか、さっきから顔色悪いよ？　慣れない服を着ているからじゃない？」

「いや、そうじゃないのよ、……むしろ逆っていうか」

「え、なんて？」

「えっときょうはあれなのよ、あれ。そう。……なんだっけ？　そう！　女の子の日！　そうそう。わたし、こう見えてもですね、女の子なのですよ！」

「どうみたってキミは女の子だよ！　でもまぁ、そういうことなら仕方がないか。わたしのアレを貸すわけにはいかないもんね」

とカンナは言った。

どうやら、危機は脱したらしい。

でもアレっていったいなんだろう？

……ちょっと気になる。


「街にはあしたの朝連れてってやるよ。ちょうどおれたちもあした帰る予定だったからな」

親切なハザマがわたしに約束してくれた。「嬢ちゃんはテントで寝な」

わたしはカンナと一緒にテントで寝ることになった。ハザマは車で寝るらしい。布団に潜《もぐ》り込んだわたしは、ものの数分で眠ってしまった。――いろいろと疲労が、蓄積していたもんね。


とんとん、とんとん。

肩をかるくノックされて、深い眠りの沼の底から重い意識を浮上させる。

眼を開くとハザマが傍にしゃがみ込んでいた。彼の股間に鎮座《ちんざ》するDARKER THAN BLACK――留精《りゅうせい》の双子――。それを間近で見たわたしは、「わっ」と言って飛び起きる。

ハザマは人差し指を口にあてて、「静かに」と囁《ささや》いた。続けて、「嬢ちゃん、起きられるかい？」と言われて、わたしは頷き、ゆっくりと立ち上がって、となりのカンナの涎を垂らした寝顔を確認してから、テントを出た。

真夜中だった。

「話がある」

とハザマは言う。「まぁ、ちょっくら、歩かねえか」

そう言われてわたしは、彼と一緒に歩くことになった。昼間歩いた国道を、逆方向にふたりで歩く。街灯がついていないから、わたしがいた時代よりも遥かに辺りは真っ暗闇で、星がとてもクリアに見える。となりにいるおじさんは裸だけど、その身体は地球の巨大な影に（——そう、夜って、地球の影にすぎないんだよね）覆われているから、はっきりとは見えなくて、わたしとしては気が楽だった。

話がある、という話だったのに、ハザマはなかなかその話をしなかった。ただただ並んで歩くだけ。しびれを切らしたわたしは自分から訊いてみた。

「あのー、話ってなんですか？」

暗闇のなかにいると自分の声が耳のすぐ傍で聞こえる。目を閉じても同じようなことが起こるから、もしかしたら、視覚がないぶん聴覚の力が増しているのかもしれない。

ハザマはこちらを向いてズバリと言った。

「お嬢ちゃん、タイムトラベルしてね？」

あわわ。

「どど、どうしてそう思うんですかいっ？」

……駄目だ。挙動に表れすぎている！

「こいつでわかる」

といって、ハザマは自分の顔を指で指しながら、それをわたしに近づけた。暗闇で気づかなかったけれど、彼はメガネをかけていた。とってもお洒落なメガネだった。

「こいつはこの時代の端末で、〈グラス〉って呼ばれるものだ。このグラスを通していろいろな情報を読み取ることができる。──そして、こいつを通して嬢ちゃんを見てみると、そこにあるはずのものがない。〈エントランス〉といって──まぁそのまま玄関って意味なんだが──その玄関は〈マイクラウド〉に繋がっている。マイクラウドっていうのは、政府が全国民に与えるネット上のスペースのことだ。非常に使い勝手が悪いと評判だ。お嬢ちゃんにはエントランスがない。つまりはマイクラウドがない。そしてマイクラウドがないってことは、言い換えると、お嬢ちゃんはこの時代の人間ではない。この時代の人間ではないってことは未来人か過去人ってことになるが、未来人にしては知識に乏《とぼ》しい。そんでもって未来人が、わざわざこの時代から半世紀もまえのファッションでやってくる理由もない。つまりお嬢ちゃんは過去人ってわけだ。違うかい？」

これだけの理屈を並べられて反論できるわけがない。わたしは観念してそれを認めた。

「おじさんの言うとおり、わたしは過去人よ。この時代の、ある技術を知るためにタイムマシンに乗ってやってきたの」

わたしにとっては重大な告白だったけれど、それを聞いたハザマはしかしまったく動じることなく、わたしにただ質問をした。

「その技術ってのはなんだい？」

「〈ウブメ効果〉っていうんだけど、おじさん知ってる？」

「知っているが……しかし詳しくは知らない。

それを開発した会社は――


〈エレクトリックアンサー＝ブレア社〉

っていうんだが、ブレア社はその技術を秘密裏《ひみつり》にしてるんだ。いいかい？　この時代には知ることのできないものはほとんどない。大統領のきのうの夕飯だって誰もが一秒未満で知れる時代だ。しかし〈ウブメ効果〉の仕組みについては、政府の特例を受けた〈情報秘匿権《ひとく》〉がある。一部の人間しかそいつの仕組みを知らないのさ。お嬢ちゃん、これがどういう意味かわかるかい？　超情報化社会も成熟し、ビジネスマンは仮想現実に出勤し、AIと子供を作り、プリンタで薬を印刷できるようになったこんな時代に、正真正銘の魔法があるってことさ。〈ウブメ効果〉という名の魔法が」

ハザマは続けてわたしに言った。

「嬢ちゃんがなぜ〈ウブメ効果〉の仕組みを知りたがるのかを、おれは知らねえし、訊かねえ。TSTに乗ってここへやってきたんだもんな？　きっとそれは嬢ちゃんにとって、とても重大なことなんだろうさ。だけど嬢ちゃん——本当は、おれのばあちゃんの世代に生まれた、嬢ちゃん。——おれはあなたに、悪いことはなにも言わねえからさ。元の時代に帰ってくんな」

最末来人があなたを殺すところを見たくはない、とハザマはわたしに言った。

この時代では最末来人もTSTの存在も、一般人が知っているのだ、ということをわたしは理解した。

TSTはどこにある？　と訊かれたわたしは、学校の屋上にある、ということを素直に話した。

「学校と言うと、そこの学校かい？」

国道をずっと歩き続けてきたわたしたちの前には、わたしの学校があった。もう目の前だった。

「送り届けるよ」

というハザマの言葉にわたしは従った。なぜか抵抗する力は湧いてこなかった。ひょっとしたらハザマの真摯《しんし》な対応に、心の底から説得を受け入れているのかもしれない。わたしはハザマと一緒に、廃墟となった学校に再び入って、階段を上って屋上にまであっという間に戻ってきた。

わたしはもう、〈ウブメ効果〉の仕組みを知ることを諦めていた。いや、誰かに『そんな無茶なことはやめろ』と制されることを——いままでわたしは待っていたのかもしれない。

自分はまだ子供であり何かを成すには力がないということについての自覚が、わたしの全身を苛《さいな》んだ。

所詮は中学生だ。

――わたしは、なにもできないのだ。

暗闇がわたしの無力感までも膨張させているみたいだった。

だけど、どうしよう？

元の時代に帰れとハザマは言うけれど、そういうわけにもいかない。そんなことをすれば、またアレに追いかけられることになるだけだ。

わたしはすでに、帰る時代を失っている。

フェンスのむこうに光が見えた。なんだろうと思って近づいてみると、それは街の灯だった。昼間は気づかなかったけれど、ここからそう遠くないところに街があったのだ。海の上に浮かぶ、大都会だった。『夜にならないとみえないことだってあるのよ』むかし、なにかの小説を読みながらビアンカがそう言っていたことを思い出して、当時は理解できなかった言葉なのに、いまならそれがなんとなく理解できた。

「TSTはどこだい？」

とハザマが訊く。

わたしは屋上の一角の闇を指さして、「むこうの端にあります」とだけ言って、その街の光に見惚れていた。わたしの眼にはそれが、まるで夢のなかにある場所みたいに映っていた。

むこうへ歩いていったハザマが、こちらに向かってまた言った。

「いまは〈ウブメ効果〉は掛かってあるのかい？」

その言葉に「いいえ」と答える。名残惜《なごり》しかったけれど素敵な夜景から目を離して、屋上の端へ——TSTの方へ歩く。

闇の中からハザマが現れて、「〈ウブメ効果〉を解いてくんな」とわたしに言う。

わたしはあれれ？　と思う。

「掛けてないですよ」

「じゃあいったい、どこにあるんだ？」

奇妙だった。

TSTの姿がみえない。

わたしとハザマの目が合った。

わたしは首を傾《かし》げる。

するとハザマの顔から、限りなくゼロに近い彩度が——完全に失われた。

彼は呟く。「これはいけねえ……」

そのとき、遠くのほうから動物の絶叫が聞こえた。——いや違う、動物の鳴き声なんかではなく、これは人間の、女の子の悲鳴だ。

「カンナ！」

ハザマがいきなり、わたしを置いて走りだすので、わたしも追って走りだす。ハザマが階段でジャンプするので、わたしも追ってジャンプする。スカートがおもいっきり翻ったけれど、さいわい人はもういない。暗闇に呑《の》まれた無彩色の校舎のなかを二人で駆け抜けて、あっという間に学校を出て、わたしたちの家とは反対方向へ、国道を走って走って途中で路地に入ったその先の、小さな公園のとなりにゴツい車が停めてあって、ハザマはその場で足を止めた。

車の影から公園のなかを覗き見る。

わたしがさっきまで寝ていたテントのまえに、誰かがいる。身長は高い。しかし黒のシルエットになっていてよく見えない。その何者かはテントのなかから何かを引き摺《ず》り出している。

カンナだった。彼女はまるで死んでいるみたいに身動き一つしていなかった。等身大の人形みたいに動かなかった。テントの前に立つ何者かは、カンナをどこかへ連れていこうとしていた。

そのとき、これまでずっと雲に隠れていた満月が顔を出して、その存在の姿を照らした。

――あぁ！　そんなっ！

あまりにもおぞましい姿だった。

そいつはボロボロの包帯を全身に巻いていた。まるですべての肉を削《そ》ぎ落したかのように、体軀は異常なまでに細く、関節や指に骨の形が浮かびあがっている。皮膚は焼け爛《ただ》れている。眼球は真っ赤に血走り、死人のように大きく開いた瞳孔のなかに、呪いのような赤黒い何かを孕《はら》み――それはぐりゅぐりゅと渦巻いている。その呪いは言葉となって口の端からもこぼれ落ちていた。彼は何かを強烈に憎んでいる――と、わたしは感じた。

あれが人間だとは思えない。

まるで憎しみを原動力にして動く機械のようだ。

そしてその憎しみの対象は――きっと、わたしなのだ。

猪に出会ったときの何千倍もの恐怖がわたしの全身を支配して、身体の力が抜けてわたしはその場にへたり込んでしまった。一刻も早くこの場から離れたいのに、身動き一つできなかった。

「最未来人だ」

ハザマが言った。

あれがそうなのか、とわたしは思った。あんな悪魔みたいなものを、わたしは呼び寄せてしまったのか。


タイムトラベルは罪なのだろうか。

あの化物が、わたしへの罰なのだろうか。


「ごめんなさい」いつの間にか、涙が溢れ出していた。「ごめんなさい」わたしは泣いて謝ることしかできなかった。

ハザマが言った。

「いいや、悪いのは嬢ちゃんじゃないさ」

それだけを言って、ハザマはわたしの頭を撫でた。なんて優しいのだろう。罵《ののし》ってくれたほうがまだマシなのに。


あの化物は、わたしとカンナを取り違えたのだ。

ほんとうは、わたしがああなるはずだった。

わたしは、しあわせに暮らす親子を巻き添えにしたのだ。


最悪だ、最悪だ、最悪だ。


ハザマがわたしを無理やり立たせる。グラスを外して、わたしの手に握らせる。

「いいかい、嬢ちゃん。しっかりしろ。このグラスには嬢ちゃんがしばらく暮らせるだけのカネが入ってある。これをおまいさんにやる。とにかく街へ行け。あそこは人口が多いから、嬢ちゃんを匿《かくま》ってくれるはずだ。誰でもいいから助けを求めるんだ……おいっ、しっかりしろってば。……解るかい？　誰でもいいから、嬢ちゃんを助けてくれる人を探すんだぞ？　……おれはあの世で、まだ嬢ちゃんと会いたくはないからな」

「ちょっと待ってください」

わたしは言った。「あの世ってなんですか？　おじさんは、これから何をするつもりなんですか？」

ハザマは答えた。

娘の死に立ち向かうことと、自分の死に立ち向かうこと。

両方を合わせたってそれほど違いはないのさ。

「国道を学校のむこうまで行くと、大きなジャンクションがある。お嬢ちゃんの時代にはなかったもんだ。そこで〈アーサー〉……おまいさんの時代でいうところの、タクシーを捕まえられる。未来の車といっても、空を飛びやしないから期待すんなよ。アーサーには、行き先を〈シティ〉と告げるんだ。そしたらアーサーは、嬢ちゃんをあの街まで連れてってくれる」

わたしはハザマに背中を押された。

「行けっ！」

という彼の声で、呪縛《じゅばく》が解けたみたいにわたしは走し出した。めちゃくちゃな走り方だったけれどこれまでの人生で一番速い走りだった。すぐ間近にある絶対的な死の恐怖を生々しく感じて両腕と両足の筋肉が本能的に全力で動いていた。

その直後。

あの化物に立ち向かうハザマの凄絶《せいぜつ》な声が、背後で響いた。

陸上競技でいうところの中距離をペース配分無視の全力で駆け抜けたわたしは目的の場所に到着する。空でとぐろを巻く伝説の龍のようなジャンクションが頭上にあって、そこから放射状にのびた何本もの宙に浮かぶ道がこの世界の街と街とを繋いでいることをわたしに教えた。

ジャンクションの下では見慣れないデザインの車が何台も行き交っていて、そのどれがアーサーなのか判らないわたしは親指を立てた腕を道路へと突き出す。一番近くを走っていた車がきっちりわたしの正面で止まってドアを開ける。どの車でもよかったらしい。車体には〈EA＝B〉というロゴが刻まれている。中に運転手はいない。わたしは車内へ倒れこむ。どっと汗が噴き出す。酸欠で頭がクラクラする。アーサーが訊く。「どちらまで？」一瞬その場に人がいるのかと思えるほど完璧な人口音声。わたしは乱れた呼吸から生まれる乱れた発声で「シティ」と答える。「アーコロジーですね、二十一分と七秒で到着します」車が発進する。

アーサーはジャンクションに乗ってぐるぐると回り、その一番テッペンに上り詰める。車の量は多いけれど渋滞はない。完全な車間距離の完全な列は、まるで車の形をしたひとつの長い列車のようにも感じさせる。コンベアーの上を進んでいるみたいだ。ひょっとして、路面の方が動いていたりして。

指で弾いたコンパスの針が、ぐるぐると回ったあげくに北を指してピタリと止まるように、アーサーはその街に狙いを定め、ジャンクションを飛び出した。

美しく光る街の輪郭がぐんぐんと目前に迫るにつれて、わたしはその巨大さを思い知る。じっさいのところ海に浮かぶその街は――わたしが想象していたよりも、かなりの沖にあったのだ。わたしの住んでいた時代では考えられない規模の人工島。子供の夢に出てきそうな広大で複雑な世界。

まるでＳＦだ。

『生産と消費が自己完結している都市のことを、建築という意味のアーキテクチャと生態学という意味のエコロジーを混成して、完全環境都市《アーコロジー》と言うのよ』ビアンカはわたしにそう話したことがあったけれど、いまわたしの目前にある街がまさにそれに違いなかった。

アーサーは島の端に到着し、ロータリーの一角に止まるとドアを開けた。わたしは車を降りる。あたりに人影はない。街から漏れでた柔らかくて穏やかな光と、ぐろぐろとした闇の衝突点。後ろを振り返ってみれば自分が来た道は暗闇に呑まれていて、遠くにあるジャンクションの光だけがかろうじて見える。ついさっきまでいたあの場所が、まるで別世界のように思えた。

祭りの賑わいのすこし外れ、みたいな静けさがここにはあった。街が発するくぐもった音を押しのけて、人工地盤に打ち付ける明瞭《めいりょう》な波の音が囁くように聞こえる。

正面には門があった。トロイの木馬でも楽々と通過できそうなほどに巨大な門。あれがこの都市の入口らしい。門の向こうの、おそらく島の中心とおもわれるところには、それこそ神話に登場しそうなかんじの巨大な柱があって、その柱の上のかなり高い位置に並ぶたくさんの建物が、人類の活動領域が広がっているその光景を見たわたしに『ここが未来だ！』という宣言をしているようだった。

海岸線を眺めてみると、ここから半キロほど離れたところに灯台があって、そのすぐ近くに大きな船の灯も確認できるから、ひとつ隣の海岸はどうやら船着場になっているらしい。

わたしは門に向かって数歩進んだところで、自分がアーサーに料金を払っていないことを思い出した。はっとして、振り返る。

車はもう闇のなかに消え去ったあとだった。

ふと思った。

わたしはほんとうに、アーサーに乗ってここへやってきたのだろうか？

あんな車、じっさいには存在しなくて、わたしの空想の産物なんじゃないだろうか？

だとすれば……ここはどこなのだろう？

この島はほんとうに、現実世界に存在しているのだろうか？

だってだって、お金を払わなくて済むなんておかしいじゃん！　わたし、乗り逃げしちゃったのかな⁉　って一瞬考えたけれど、たぶんそれは違っていて、たぶんその正解を言うと、グラスが自動でお金を払ったのだ。……そうだ、たぶん絶対そうだ。だってお金を払ってないのに車が勝手に去っていくわけがたぶんない。この時代のタクシーはこわいぞ。超こわいぞ。たぶん。乗り逃げなんてした日にはこの時代のタクシーはきっと、けたたましいサイレンをぎゃんぎゃん響かせながら地獄の底まで乗り逃げ犯を追跡してくるに決まっているのだ。たぶん。

わからないことだらけの世界に——わたしは来てしまった。

わたしはずっと握りしめていたグラスに視線を落とす。自分の汗でレンズがべちゃべちゃになっている。わたしはそれをシャツで拭《ふ》いて、掛けてみる。特になんの情報も表示されていなかった。度も入っていない。

ロータリーの一角に自動販売機らしきものがあることに気がつき、さっきの全力疾走で身体中の水分が飛んだわたしはそこへ駆け寄って、商品を確認すると、たくさんの見慣れない飲み物のなかに、見慣れたコカコーラを発見する。さすが清涼飲料水の王様——この時代でもまだブランドを維持している。ふつうのコカコーラのとなりにわたしの見たことのない〈白ラベルのコカコーラ〉もあって——それもちょっと気になったけれど——チャレンジする余裕は脱水症状ぎみのいまのわたしにはないから、とりあえずパス。探してみたものの自動販売機にはコインの投入口はない。現金を使えないらしい。商品を選ぶボタンもない。試しにコカコーラのまえのガラスをタッチしてみると、ガシャンといってコーラが取り出し口まで落ちてきた。やったあ。

そのときレンズの端に赤色で『-190』という表示が浮かんで消えた。グラスが自動でお金を払ったのだ――ということをわたしは理解した。

半世紀経っても味の変わらないコーラを一気飲みして容器をゴミ箱へ捨て、わたしは門のまえに立つ。

ゴゴゴゴゴォォォオオという唸りを上げて、門が自動的に開く。

――もはや引き返せはしない。

わたしはその中に踏み込んだ。

門をくぐってすぐのところに古代ローマの水道橋みたいなアーチ構造の橋があった。渡った先にはオペラ座みたいに美しい館《やかた》がある。こっちを向いていて、手招きはしていないけれど――されている印象を猛烈に受ける。あきらかにわたしの行くべき場所はあそこだ。

わたしは橋の真ん中まで行き、おもわず欄干から身を乗り出して下を覗きこむ。

風が下からどっと吹き上がった。

自分の髪がぱらぱらと空に向かう。海面すれすれの位置に幅の広い道路があって、かっこいいデザインの車がびゅんびゅんと走っていた。きっとこの道路は島を一周してるんだ、とわたしは思った。環状線と呼んでもいいかもしれないし、あるいは、お城を取り囲む巨大なお堀のようでもあった。

橋を渡って館に入る。

高級ホテルのロビーのような内装。受付にはお姉さんが二人立っていて、彼女たちはわたしを見るなり、声をそろえて「「おかえりなさい、ハザマさん」」と言った。

彼女たちはわたしのことをハザマだと勘違いしているのだろうか？　だとすれば、わたしはハザマのフリをした方がいいのかもしれない。

だからわたしは、

「ただいま」と答える。

「良い休暇を過ごせましたか？」

「ああ」

「アップタウンのBAR〈CLASSX〉が、ハザマさんのお気に入りのお酒〈森伊蔵《もりいぞう》〉を入荷したそうですよ」

「そうなのか！　それは行かなきゃならないな」

「予約をお入れしましょうか？」

「いいや、また今度にしよう。きょうはもう疲れた」

というか、わたしにお酒はまだ早すぎるよ。

「それから、ハザマさんのお気に入りの温泉〈下利ノ湯《げりのゆ》〉は、男湯の時間があと一時間五十分で終了するので、お入りになるのでしたらお急ぎくださいね」

男湯に、入れだって？

そのむちゃくちゃな言動にわたしは驚きつつも、その驚きをかくして、

「きょうはシャワーで済ませるよ」

と答えた。

——どうやら受付のお姉さんは、目の前にいるわたし自身のことなんて、本当にまったくみていないらしい。すぐ近くで正面切って目を合わせてやりとりしているのにもかかわらず、わたしが女であることにも気がつかない。ようするに彼女たちは、わたしではなく、わたしが所有しているハザマのアカウントを見てモノを言っているのだった。

というか、彼女たちは人間なのか、なのだろうか？

わずかに違和感がある。

「ルーベ社から試供品が届いておりますので、よろしければお使いください」

受付のお姉さんは、ちょうど歯磨き粉が入ってそうなかんじのチューブをどこからともなく取り出して、カウンターに置いた。わたしはそれを手にとって確認する。でかでかと文字が書かれている。『〈ファラオEX〉——有効成分コングルゥEPがバルジ領域を刺激し、あなたの死んだ毛根を6時間で復活させます！』

育毛剤だった。

ひっくり返して、裏面の注意書きを読んでみる。

『塗布《とふ》の際には必ずポリ手袋をご使用ください。（もしも素手で触ってしまった場合には、即座に流水で洗い流してください。まれに頭部とは関係のない場所［肘の先等］から発毛し、さらさらの毛が伸びるのが止まらなくなることがございますが、その際には皮膚科にご相談ください）』

「ありがとう」

と言ってわたしはそれをとりあえずポケットに入れる。すると、グラスの端で緑色の数字が浮かんで消えた。『+200』

どうやら少額のお金が入ったらしい。

そのときわたしは受付のお姉さんのすぐ後ろを、メッセージがふわふわと漂《ただよ》っていることに気がついた。そのメッセージはおそらくグラス内の世界に書き込まれているもので、言い換えると現実世界にはないバーチャルなもので——つまりは拡張現実というやつだった。その文字は生活の邪魔にならないようにするためか、わたしがそれを意識するまでは影が薄くて消えてるみたいで読むことができなかった。

『観光ガイド無料貸出し　受付にお申し付けください』

これだ、と思ってわたしは言った。

「ガイドをお願いしたいのだが」

「ガイドですか？」……不思議そうな顔。当然だ。わたしはこの街に来るのは初めてだけど、ハザマはここに住んでいるのだから、いまわたしは自分の街を案内するように言ったということになる。

受付のお姉さんはそれでも、「かしこまりました。右手の廊下を進みますと、突き当りに待合室がございます。そこにガイドたちがいますので、そのなかからご自由にお選びください」と事務的に言った。

「ありがとう」

わたしは受付をあとにし、廊下を進んで突き当りの待合室に入った。

たくさんのソファとテーブル。カウンターと椅子。シャンデリア。

ラウンジってかんじのその場所にはたくさんの人がいて、彼らは各々《おのおの》談笑していた。

すぐ近くのテーブルに、思わず見惚れるほど美人な女の人がいて、彼女はパフェを食べていた。彼女の頭のうえには、彼女自身のことだと思われる情報がタグ表示されていて、そこには、『アカネ（27）　中学校教師　趣味読書　痴女《ちじょ》　ドM』と書かれていた。

ちょっと、酷くない？

って、健全な女子中学生であるわたしは思ったけれど、でも街の外ではネイチャリストが堂々と裸を晒しているんだし、そのへんの文化もオープンなものに変わっているのかもしれなかった。

いやでもまてよ。

これは、そういうのじゃないのかもしれない。

部屋のなかにいる人たちが妙に美男美女揃いなのだ。しかも現実には存在しなさそうな——漫画や、アニメの世界にいそうな外見をした人も多い。


ひょっとしたらここにいる人たちは、人ではないのかもしれない。


誰に声を掛けたらいいのか判らずに、その広い部屋のなかをわたしはしばらくうろうろとする。

部屋の隅に凄く可愛い女の子がいて、わたしはその子に目を奪われる。

艶《つや》やかなグレーブラウンの髪と、それを彩る青いリボン。碧眼《へきがん》。華奢《きゃしゃ》な身体にワンピースを纏っている。『ツンデレ』と書かれたタグが浮かんでいる。

——なんだ、あの娘は。

超可愛いじゃないか!

よし、あの子に話しかけてみよう。いますぐに話しかけてみよう。わたしは鼻息を荒くしてどしどしと足を踏み鳴らし、その超絶美少女に接近する。

しかしその時、わたしは背中に声をかけられた。

「そこのお嬢さん」

振り返ってみると、そこにはイケメンで高身長でメガネを掛けたお兄さんが、柔和《にゅうわ》な表情をして立っていた。

「ガイドを探してるんだよね？」

「はい」

「この街に来るのは初めて？」

「初めてです」

「よければ僕が案内するよ。……ここにいるガイドのなかで、僕はわりとベテランの方だ。浅いところから深いところまで街の隅々を知っているし、きみみたいな、初めてここに来た人ばかりをこれまで何人も案内してきた」

わたしはお兄さんの頭の上の情報を見る。そこには、『エモヤ（34）　正直　誠実　メガネ』と書かれている。

この人でいいんじゃないか、とわたしは思った。

なんか頼りになりそうだし。

「それじゃあ、あの、お願いします」

ハザマです、と言って軽くお辞儀をすると、エモヤは「こちらこそ、よろしくね」とだけ言ってお辞儀を返した。

どうやら初対面で名乗る文化は、この時代では失くなっているらしい。

「それじゃあ、さっそく行こうか」

と言ってエモヤはわたしをエスコートする。彼は入ったときとは逆側のドアを開けて、わたしが通るまでそれが閉じないように手で押さえてくれながら、わたしに質問する。

「それで、どこに行きたいの？」

当然わたしは、〈ウブメ効果〉を開発した研究機関に行きたいのだけど、それをどう説明すればいいのかということは考えていなかったから、一瞬迷う。

迷いながら待合室を出ようとすると、後ろから声を掛けられた。


「そこのおまえ、止まれ」


いきなりの命令口調だったから、わたしは話しかけられた人が誰なのかを判定できずに、それでもひょっとすると自分かもしれないと、すこしだけ思ったから足を止める。

そのときエモヤの顔を見ると——ずっとにこやかだった彼の表情が、なぜだか怒りの色に染まっていた。

わたしは振り返る。

そこには少年がいた。

身長はわたしと変わらないくらい。銀色のつんつん頭。中性的な顔立ち。猫みたいに細い目。ポケットに両手を入れて、間違いなくわたしに、身体と顔を向けて立っていた。

彼の頭の上には『アルジェント（12）中学一年　上から目線　粗暴』と表示されていた。


アルジェントはわたしに言った。

「そいつについて行くのはやめとけ」やっぱり命令口調だった。

年下の男の子にいきなり命令されて、わたしはすこしいらっとくる。でも言葉を返したのはわたしではなく、エモヤだった。

「なんだ少年、人の客に話しかけちゃいけないってのは、ガイドの内では暗黙の了解だろうが？　それを破るってのはちょっと、感心しないなあ」

静かだけれど、威圧的な声だった。

でもその言葉を受けたアルジェントという少年にはまったく臆《おく》する様子はなく、それどころかエモヤの顔をまっすぐに見上げながら……されど上から目線で、言葉を返した。

「感心しないのはあんたの方だ。これまでに何十人もの観光客を騙《だま》しているクズのくせに、どうして取り締まられないんだ？　さっさと豚箱に入れよ阿呆《あほ》」

エモヤの反応は速かった。

ドアを押さえていた彼の腕があっと言う間にアルジェントに伸びて、その胸ぐらを掴む。

アルジェントの軽そうな身体がかんたんに五十センチほど浮き上がる。

「もう一度言ってみろォ」

とエモヤはドスのきいた声で言う。

しかしアルジェントはそんな状況でも両手をポケットに突っ込んだままで、こう返す。

「いますぐ、その手を離したほうがいいぜ？」

「はっ！　なんだ、威勢《いせい》だけはいいが、しっかり怯えてやがるのか？」

エモヤはそう言って嘲笑《ちょうしょう》し、目の前の少年から手を離さなかった。

そんな彼に向かってアルジェントは言った。


「違う、警告だ」


その瞬間、エモヤの身体に異変が起こった。アルジェントを掴む手と腕のあちこちが、ぐにゅぐにゅと変形し始めた。

エモヤは奇声を上げてアルジェントからあわてて手を離し、自分の手や腕を、自分ではたき始める。まるで大量の虫に腕を襲われているような様子だった。「痛い！　痛い！」と彼は叫ぶ。そんな彼の腕をよく見てみると——その皮膚のすぐ下を——一匹の蛇が這《は》いずりまわっているように見えた。次第にその蛇の胴回《どうまわ》りがだんだんと太くなり、彼の腕が二倍近くになって、そろそろ皮が裂けるんじゃないかと思ったところで——本当に裂けた。

エモヤはぎゃあああと悲鳴を上げる。風船が破裂するみたいな勢いで彼の腕の表面が弾けて、その中身が宙に飛び散る。

中身というのは真っ赤な肉片ではなくて、きらきらと輝く——湯気みたいな質量のエフェクトだった。

わたしは理解した。

彼は拡張現実に存在するAIだったのだ。

いや、きっとこの部屋にいるガイドすべてが現実には存在しない、映像だけの人たちなのだろう。そのきらきらとした何かは主人の元へと戻るみたいにアルジェントへと向かう。蚊《か》を払うような軽い仕草《しぐさ》で、うっとうしそうな顔をして、アルジェントはそれを払い退ける。払われたきらきらはその瞬間に消失した。

エモヤは震える声と回らない舌で吠《ほ》えた。

「おまえ……っ！　おれの腕を、どこへやった⁉」

アルジェントはゾッとするほど冷たい視線を彼に向けて、口だけは笑いながら、中性的な声で囁くように答えた。

「ゴ・ミ・ば・こ」

その言葉を聞いて、エモヤの顔が蒼白になる。

「馬鹿なっ！　そ、そんなこと、でき、できるはずがない！」

アルジェントはエモヤに近づく。エモヤは「ひぃっ」と情けない声を出して、背中を向ける勇気すら持てずに後ずさりながら逃げようとして、案の定足がもつれて転んで、尻もちをついた。

そんな彼をまさに見下しながら、アルジェントは上から目線でものを言う。

「それって、おまえができないだけだろ？　自分の能力の限界を、他人に当てはめてんじゃねえよ、三下《さんした》が」

アルジェントはとどめを刺すべくゆっくりと片足を上げて——瞬間、エモヤの顔面に向かって前蹴りを放つ。その足の裏はエモヤの鼻先でぴたりと止められたが、しかし一瞬にして精神を極限まで追い詰められたエモヤにとっては、それだけで十分だった。——彼は白目を剝いて、死んだカエルみたいにひっくり返った。

ところでわたしはせっかく手に入れたガイドをいきなり失い、呆然とするしかなかった。

アルジェントが急にこっちを振り返り、わたしに向かってすたすたと歩いてきた。

「そこのバカ女！」

え、わたし？　そんなアホな。

クルッ。

「おまえだよ！　自分の後ろを確認すんじゃねえ、誰もいねえよ！」

クルッ。

「な、なんでしょう？」

「おまえ、なんであんなのについて行こうとしたんだよ」

「あんなのって、どういうこと……？」

と、わたしは当然の疑問を口にしてみる。

するとそれが少年をさらに怒らせたみたいで、彼のこめかみにぴきりっ、と血管が浮かんだ。女の子と区別がつかないような高い声で、彼は怒る。

「いまのは〈ぼったくりボット〉だ！　あいつについて行った先の店では有り金全部ぼったくられる。でも被害に遭ったやつなんて、おれは一度も見たことがない。なぜならあいつは小学生でもついて行かないほど手口も顔も売れてしまった、超有名な悪質ＡＩだからだ！」

「そうだったの……っ⁉」

とわたしは、口に手を当てて驚いた。

その様子をみて目の前の少年も驚いた。

「まさかおまえ……、知らなかったのか？」

わたしはこくりと頷く。

するとアルジェントの態度は一変。彼は嘆《なげ》くように言った。

「……なんてこった。まさか、これほどの〈無知無能のバカ〉がこの世に存在していたなんて……。情報革命も未だ、始まりを終えていなかったのか……っ！」

おれは人類を過大評価していたのかもしれない、とか何とかって言葉を、アルジェントは手のひらで顔面を覆いながらぶつぶつと呟きはじめた。

わたしはもしかしたら、彼に相当のショックを与えてしまったのかもしれない。と思って、すこしだけ罪悪感を覚える。

でも過去をいちいち振り返ってはいられないので、わたしは新しいガイドを探すべく、嘆く思春期の喧嘩《けんか》っ早《ぱや》い少年をそっと放置して、その場から去ろうと決める。

クルッ。

……いやまてよ。

クルッ。

わたしは良いことを思いついて、アルジェントに声を掛けた。

「ねえねえ」

アルジェントは顔を上げて、憤《いきどお》りと面倒くささが交じったような瞳で、わたしのことをじぃっと見つめた。

「……なに？」

「あのね」

「なに？」

「ちょっと、お願いしたいんだけど」

「なに？」

「ガイドをお願いしたいんだけど」

「……おれに？」

わたしがうん、と答えると同時に、罵声が飛んだ。

「おまえはどんだけバカなんだ！　劇場型詐欺《さぎ》って言葉知らねえのか？　もしもおれがあいつの仲間だったらどうするんだ⁉　バカ！　バカバカ阿呆！　大昔からあるベタな手口だろうが！」

「あっ、そうか」

たしかに、いま揉めていた二人が実は裏で通じていた、なんてことはあり得るかもしれない。あり得るどころかよくある話だ。そうして助けてくれたフリをして、目の前の少年はわたしのことをめちゃめちゃに騙すつもりだったのかもしれない。

「そうかもしれないね！」

ごめんね。やっぱりなんでもないです。助けてくれてありがとうね。と言ってわたしはその場を去ろうとする。

が、そのときアルジェントがわたしの腕を摑んだ。

「……ちょっと来い」

「えっ」

いや摑んだわけではなかった。彼もまたＡＩであり、拡張現実であり、グラスの上にしかその姿は存在しないからだ。じっさいのところアルジェントはわたしの腕を摑む仕草をしたただけだった。なのになぜだかわたしの身体が傾いて、彼にぐいぐいと引っ張られるように移動したのだった。

「なにこれ？　えっ？　えっ？　……おっとっとっとっと」

転びそうになるから転ばないように足を出すと、不思議と彼の後ろをついて行くことになる。

「どうしたの？　どこへ行くのよ？　おっとっとっと」

出口に向かってまっしぐら。アルジェントがドアを蹴り飛ばし、待合室を抜けて二人一緒に人のいない静かな廊下に出る。そこでアルジェントはようやくわたしの腕を離した。

「どこへ行くって？　それはおまえが決めるんだ」

「……それって、どういう意味？」

と訊いたわたしに向かって、アルジェントはやれやれ面倒くさい、バカ相手だとこんなにもたくさん喋らなきゃいけないのか——という感情を一ミリも隠すことなく言った。

「おれがガイドしてやる。おまえみたいなバカ、放っておくわけにはいかないからな」

館を出た瞬間から目の前の景色が一気に変わる。繁華街《はんかがい》なのかリゾート地なのかわからないような場所だった。わたしとアルジェントは並んで歩く。深夜だというのに人は多い。この街がいわゆる眠らない街なのかもしれないし、あるいは、この時代が昼と夜とを区別しない人で溢れかえった時代なのかもしれない。人は多いけれど街全体がめちゃくちゃ広くて、まったく窮屈さを感じさせない。派手な色をぎらぎらと輝かせる背の高い建物がたくさん立っているのに、空はほとんど削られていない。といっても、上層にあるもう一つの街が、頭上の何割かを覆っているのだけれど。……きっとあの場所まで行けば頭のすぐ近くに星空があって、脚立《きゃたつ》に乗ってちょっと手を伸ばせば星座をなぞれちゃったりするのだ。

などと、恥ずかしいセリフを言ってみたりもする、その2。

すこしやかましくて陽気な音楽が聞こえてくる。大きな川が街を横断している。中洲《なかす》のビーチにはキッチンがフルオープンになったバーがあって、水着を着た人たちがカクテルを飲んでしゃべり込んでいたり、カジュアルな格好の人たちが特設ステージの上でルーレットを囲んでいたりしていて……これはなんと言えばいいのだろうか？　歓楽が混沌としていて、見ているだけでも楽しい。中学生のわたしにはすこし刺激が強いかも。わたしはなんだか胸が高鳴ってというかざわついてきて……ぶっちゃけて言うとすごく興奮してきて、自分が興奮していることを自覚はしているものの頭の中はなんだかよくわからない爽やかなシトラス風味の霧がかかったようになって、視覚が狭まって、でも捉えているものはいつも以上にくっきりと鮮明に見えていて、五感のすべてが先鋭化して体感時間がゼロになって、テンションの上がり過ぎた猫が自らを落ち着かせるために獲物から目を離してグルーミングするかのように――わたしは自分の何の変哲《へんてつ》もないスニーカーを思わずじっと見つめてしまった。

「どうした？　さっきから下向いてるけど」

そしてアルジェントに突っ込まれた。

「なんでもないよ」

と言ったわたしの頰は、きっとめちゃくちゃ緩んでいる。

「へんなやつ」

とアルジェントは言う。

――だって、未来都市はわたしの夢だったもん。しかたないでしょ？

くちには出さないけれど。

しかしこのままだとわたしは変人だ。その流れをなんとか別の方向に逸《そ》らそうと思って、というかわたしの高まりすぎた街への好奇心をすこし逸らそう思って、わたしはアルジェントに質問する。

「ねえねえ、さっきのってどうやったの？」

「さっきのって？」

「二つあります。まず、わたしのことを引っ張ったでしょ、摑んでもないのに。あれってどうやったのかなぁってのと、もう一つ、あの詐欺師のお兄さんの腕を破裂させたのってどうやったのかなぁって。あと、アルジェントってＡＩなの？」

「三つじゃん！　……えーっと、一つ目の質問に答えると、あれはおまえのグラスを乗っ取って、レンズ全体に実際見えるものより傾いた光景を映し出したんだ。おまえの頭は自分の身体が傾いたと勘違いして、バランスを取ろうとした結果、おれの思う方向に歩いた」

「なるほどねぇ！」

「二つ目の質問は、企業秘密」

「えーっ、教えてくれたっていいじゃん」

「だぁーめ」

「けちぃ」

「……企業秘密をタダで聞き出そうとするおまえがケチなんだ」

「うっ」

さらっと正論を言われてしまった。

「三つ目の質問については、おれはＡＩであってる。……ていうかおまえ、やっぱ変だな？　ＡＩに向かってＡＩなのって訊く人間、初めて見たぜ。……うん、やっぱり変だ。おまえの存在は何かが決定的におかしい。……おまえは何だ？　何者なんだ？」

「……企業秘密です」

えーっ、とアルジェントは子供っぽく言う。わたしはいま初めて、彼のことが年齢相応に見えたかもしれない。喧嘩してるときのこの子は、なんだか怖かったもんねぇ。でも普段の彼は、年齢相応の——普通の十二歳の男の子としての振る舞いをするのかもしれない。

そういう設定なのかもしれない。

「で、どこに行きたいんだよ、おまえ」

とアルジェントは、仕切りなおしてわたしに訊いた。「この〈ダウンタウン〉でメジャーどころと言えばカジノ通りだけど、でも本当はこの下の――」彼は靴の底で灰色の石畳を蹴る。「――真下にある地区〈ダウンダウンタウン〉の裏カジノの方が千倍は面白いぜ。……でもまぁ、おまえみたいなバカが行けば三十分で丸裸だけどな。当然そのビンテージのグラスも取り上げられることになる。ついでに五臓六腑《ごぞうろっぷ》も。あそこの常連たちは全員サイボーグだ。誰だってそうなるんだ。鼻骨の折れていないプロボクサーが居ないようにね。もしもそんな恐ろしい場所へ行きたくないんだったら……そうだなぁ、海岸線のビーチとか。ウエストビーチなら夜でも遊泳できるんだけど――」アルジェントの視線が、テキストを読むみたいに左右に振れた。「――どうやらいまは泳げないみたいだ。さっき7メートルのエラブウミヘビが目撃されたって。最近はこういうのが多くて困る。バカな奴らがあちこちで〈成長剤〉をバラ撒いてるんだ、……おまえもここに来るまでに、あり得ないほどバカデカい木とか見ただろ？　……そうそうっ、それ！　あの木はここらじゃ有名で、〈お辞儀三兄弟〉の一本で、〈敬礼〉って呼ばれてる。〈会釈《えしゃく》〉と〈最敬礼〉も近くにあって、〈会釈〉はともかく、〈最敬礼〉は見に行く価値があるかもしれない……いつ倒れるかわからないからな。……とまぁ、街の外の話は置いておこう。……そうだなぁ。〈ダウンダウンタウン〉のさらに下には海中図書館があって、本に興味がなくても一度は行ってみる価値があると思うぜ。世界最大のアクリルパネルが、逆さドーム状に図書館全体を覆っているんだ。最下層には九つの書斎《しょさい》が設けられていて、その一つをあの宗田《そうだ》理《おさむ》が専有している。ぼくらシリーズの最新刊が来月に出るんだって。英治《えいじ》のひ孫が宇宙で大人たちと戦うらしいぜ」

わたしは気になって訊いてみた。

「ねえねえ」

「なんだ」

「ここって、観光地なんだよね？」

「観光地だからおまえはここに来たんじゃないのか？　って、そうか、なるほど。違うのか」と、アルジェントは何かを納得したように言う。どうやらこの子は、かなり察しがいいみたいだ。

彼はわたしに提案した。

「お腹は空《す》いてるか？」

「うん。わりと」

「ならアップタウンへ行こう。いや、空いてなくても結局行くことにはなるんだけど。とにかく、リーズナブルでうまい店があるから、そこへ案内するよ」わたしの目を一瞬、正視する。わたしはちょっと、どきっとした。「――そこで、話を聞かせてくれよ？」

わたしが二つの意味で了承すると、アルジェントはわたしの手を握り（――正確に言うと、握ったフリをして）早足になった。街の中央に向かって一直線。

「どこに行くの？」

「あの柱」

アルジェントは指を差した。

どうやら島の中央にそびえ立つ、ロータリーからも見えたあれ――神話に登場しそうな巨大な柱――に向かっているらしい。

わたしたちは手を繋いだ格好をしたまま、酔《よ》っぱらいのオッサンたちの声が聞こえる立ち飲み屋の前を過ぎ、酔っぱらいの若者たちがなぜかたむろしているコーヒーショップの前を過ぎ、休憩二時間いくら～と書かれた派手なホテルのなかをくぐり抜け、凄くいかがわしいお店の裏を抜ける。明らかにもっとマシな道があっただろうと思われたけれど、わたしの手を引く少年の銀色ツンツン頭のその中には、おそらく最短ルートのことしかないのだった。そういう設定なのかもしれない。

最短ルートを通ったからかあるいは街の景色に退屈しなかったからか、けっこうな距離があると思われたその場所まで、わたしたちはあっという間に到着。柱の外周には入り口があって、そのなかに入っていくことができた。

柱のなかは巨大なホールだった。だだっ広い空間。白を基調としたぴかぴかの、これまた広い床があって――その床はよく見ると動いていた。左から右へとスライドしている。この柱自体が巨大な円柱だから、床は大回りで斜め上に向かっている。あまりにも大きくて全体がどういう構造をしているのかを把握するのにすこし時間がかかったけれど、しばらくしてわたしは理解した。

　この神話に登場しそうな柱の正体は——螺旋《らせん》状のエスカレーターだったのだ。


　アルジェントが言った。

「この構築物のことを〈グランディーニ〉っていうんだ。この床に乗っていれば、上層の街に行くことができる」

　アルジェントはわたしより先にその足場に乗る。そして振り向き「足元に気をつけろ」と言ってわたしに手を差し出した。

　その手に摑まることなんてできないじゃん、と思いながらもわたしは手を伸ばし——彼の手に摑まるフリをしながら——彼と同じ高さの足場に乗った。足元がゆっくりと逃げていくかんじと、それを追いかけるかんじが、観覧車のゴンドラに乗り込むときと同じだった。〈グランディーニ〉の中心は吹き抜けていて、わたしたちの目指す先は遥か上空にあった。あんなところまで昇るのか、と思ってわたしはわくわくする。

　上昇する足場の外周にはみっしりと、すこしずつ斜め上にズレて商店が並んでいた。ここは上層の街と下層の街を繋ぐ道でもあり、縦に伸びたショッピングモールでもあったのだ。

　アルジェントが訊いた。

「さてと、頂上まではしばらく時間がかかるが、どうする？　このグランディーニは、別名、〈ミッドタウン〉とも呼ばれていて、ここにしかないようなすこし変わった店がたくさんあるんだ。でも興味がないなら高速に乗り換えればいい」アルジェントは内側の足場を指差して、「ここから一つ内側が〈ギア2〉、そのさらに内側が〈ギア3〉。すこしずつ慣性《かんせい》をつけていって、一番内側の〈ギア7〉――あのめちゃくちゃ速いやつに乗れば、上層までは十分もかからない。初心者には〈ギア7〉は難しいけど、でも〈ギア5〉くらいなら大丈夫。5でもそれなりに速度はあって、ここに留まるよりも時間をかなり短縮できる」

すこし見ていこう、とわたしは言って、わたしたちはいくつかの変わったお店に入った。

ミッドタウンにあるお店はどれも小さな規模のもので、何をどう使えばいいのかわからない物だらけの雑貨屋や、何がどういう機能を果たすのかがわからない物だらけの電気屋、誰がどう面白く読めるのかわからないタイトルだらけの本屋や、そこをほぐしてどうなるのかがわからない場所だらけを専門とするマッサージ屋、奥の人がどう出ればいいのか解らないくらい狭いカウンターだけの居酒屋なんかがあった。

わたしが驚いたのは、その店のほとんどが中で繋がっているということだった。電気屋の隅の小さな扉を開けるとそこにはラーメン屋があり、居酒屋のカウンターの裏は銭湯《せんとう》だった。横だけでなく縦にも繋がっている。本屋の梯子を下りればカフェがあったり、美容院の階段を上った先には学習塾があった。居酒屋の奥のカウンターに座っているおっちゃんは、銭湯を経由して来ていたのだった。

わたしのお気に入りは〈トーン屋〉と呼ばれるお店。外見はただの服屋に見えるのだけれど、入ってみて飾られた服に触ってみると、着替えをしなくても自分の身体にその服が一瞬にして装備されるのだ。この時代ではグラス越しに見た場合のファッションを手軽に楽しめるのだった。アルジェントいわく、仮想現実と現実を重ね合わさずに生きている人というのはほとんど居ないらしいので、現実ではハゲている人でも仮想現実上で頭に髪を装着していれば、その外見を気にすることもないし、誰でも気軽に、凄いクオリティのコスプレを楽しむこともできるらしい。八重歯とかツインテールとか大きなおっぱいとかエルフ耳とかオッドアイなんかを、自分の外見に付け替え放題と考えれば――いろいろとめっちゃ楽しめるんじゃないかな？　未来の技術ってやっぱすごいね！

「なんだおまえ、……おっぱい大きくしたいの？」

アルジェントが訊いてきた。

「し、したくないよ！　わたし、そういうの、ほんと、ぜんぜん興味ないもんね」

「……ほんとかよ」

「ほ、ほんとよぅ！　肩も凝るって言うし。……だいたい巨乳に興味あるのは、アルジェントのほうなんじゃない？」

「いいやおれは、貧乳派だ」

……こいつ。

なんの恥ずかしげもなく言いやがった！

「だからおまえは、そのままでもいいと思うぜ」

「うっ」

……うっさいわ！

そんなこんなでわたしたちはしばらくウィンドウショッピングを楽しんで、そうしているうちにすこし、仲も良くなった。

このミッドタウンというある種のひとつの世界は、探索しているだけでも楽しいことが多すぎてきりがないし、気をつけないと、時間が人生の尺度《しゃくど》でびゅんびゅんと過ぎていってしまいそうだ。

「ここはまるで、きたない竜宮城《りゅうぐうじょう》だね」

とわたしが言うと、

「その形容に語弊《ごへい》はあるが、かなり的を射ていることは事実だな」

と、アルジェントは同意してくれた。

「じじいとばばあになる前に、そろそろ出ようか」

「そうだね、お腹も空いたし」

名残惜しかったけれどわたしたちは店から出て、きれいで静かな螺旋状のエスカレーターに戻り、〈ギア５〉に文字通り飛び乗って猛スピードで上昇して、このままいけば宇宙に飛んでいっちゃうんじゃないかなって思ったけれどそんなことはなくて、こんどは慣性の力を殺すべく、次第にギアを下げていったら——無事に上層に辿《たど》り着いた。

わたしたちは手を繋いだフリをしながら柱から飛び出した。

アルジェントが言った。

「ようこそ、〈世界最高所の住宅街《アップタウン・オン・アルトキュムラス》〉へ」

そこには下層の喧騒がいっさいなくて、静かだった。レンガの石畳に、レンガ造りの家が並んでいた。ヨーロッパの街並みにも似ている。下層の街はこの時間でも明るくてまるで昼間のようだったけれど、上層のこの街には夜がちゃんと訪れていた。三叉《みつまた》の銛先《もりさき》みたいな、お洒落な街灯が、ささやかな黄色の光でもって道を照らしていた。人の歩く速度までもが下層とは違っていて、なんだかこの場所では時間がゆったりと流れているようだった。

路地がたくさんあった。どこに行っても路地路地路地。まるで迷路みたい。路地と路地の間にときどき小川があったりして、そこに架かる小さな橋をわたしたちは渡る。

「この街には九十九本の橋があるんだが、そのすべてに名前がついている」とアルジェントは言った。「これは〈まばたき橋〉」

「ぜんぶ覚えてるの？」

「情報にアクセスしてるだけさ」

「めっちゃ速いよね？」

「いちおうおれは、ソフトウェアだからな」

「そういうのって、自分で言うんだ……」

「……あのなぁ」

アルジェントは腰に手をあててやれやれというかんじで首を振り、そして言った。

「おまえは人間じゃないのか？」

……なるほどね。


三本目の橋を渡って左に折れてすぐのところで、アルジェントは足を止めた。

「ここだ。隠れた名店」

小川のほとりにそれはあった。言われなければ気づかないような店構えだった。わたしの膝くらいの高さの立て看板が小さな照明で照らされていて、そこにはアーティスティックな文字で店の名前が書かれていた。——前衛的すぎて読みづらいけど、たぶん〈バクバク亭〉って書いてある。

ばくばく……お腹いっぱい食べちゃうって意味かなあ？

店の周囲に人は少なかったし店自体もわかりにくい場所にあるのに、なかに入ってみれば意外にも、ほぼ満席だった。

なるほどこれは良いお店の予感。

すぐに店員がやってきてわたしたちを案内する。

「いらっしゃーいませー、二名様ですねー、あちらのお席へどうぞー」

「はーい」

……どうやら、ＡＩは勘定《かんじょう》に入るらしい。

わたしたちは壁際の二人がけのテーブルに、向かい合わせに座る。アルジェントがメニューを開いて、こちらに向ける。

「さて、何にする？」

失恋娘のウォーシップ
失翼天使のスプレッド
イエローサン
甘いかおりのお殿様
六角形のお部屋があるとき
騒音だなんて失敬だ

……まったく想像がつかない。メニューの意味あるのか、これ。

わからないのでアルジェントに訊いた。

「どれが美味しいの？」

「これとこれと……あと、これがおすすめかな。誰が食べてもうまいはず。……あ、トマトは食えるよな？」

「全然へいき。きみは苦手なの？」

「火を入れたやつなら……ぎりぎり大丈夫」

という設定なのだろうか？

わたしは店員を呼んで注文する。

「これと、これと、これと……あと、これをください」

「かしこまりーましたー」

店員は床を滑るように去っていく。

わたしは席を立って、アルジェントに言う。

「ちょっと、山へ柴刈《しばか》りに行ってくるね」

「お花を摘みにいけよ」

ナイスツッコミ。

「……レストルームって、どこかなぁ？」

「あっちの奥」

「いってきまーす」

「いってらっしゃい」


——じつのところ、わたしの胃はとっくに猪を消化し終えて空っぽだったけれど、大腸の方はというと、パンパンだった。それとなく下腹部をさすりながら早足で、小さなのれんをくぐった先にあるドアを開けてトイレへ直行。その個室のなかで——わたしは衝撃的な出会いを果たした。

まさに未知との遭遇《そうぐう》だった。

未来世界はわたしの時代よりもはるかに技術が発達していて、巨大な人工島や、雲の上にある街と、それを支える柱の街……わたしはこの時代のいろんなものに驚いたけれど、この時代の技術の推移をまさに象徴する存在は、意外なところに潜伏《せんぷく》していたのだ。

「おかえりなさいませ、お嬢さま」

一番進化していたもの——それは、トイレ！

個室に入っていきなり、わたしはお姫様抱っこをされた。

誰にって、トイレにされたのだ。

トイレに生えた両腕がわたしの身体をふわりと持ち上げるなり、「お軽いですね」とお世辞を言ってから百八十度なめらかに回転。便器のフタが自動で開いて、わたしの身体はその上で止まる。トイレから生えた三本目と四本目の腕がわたしのスカートを持ち上げて、五本目と六本目の腕が手際《てぎわ》よくパンツを下ろした。——パンツぐらい、自分で脱げるよっ！

って思ったときには便座にそっと静かに座らされている。――ここから先は、いつもどおりでいいんだよね⁉　わたしは困惑しながらもそう考えた。だけれどそれは違った。次の瞬間、わたしの右斜め前に〈黒髪オールバック銀縁《ぎんぶち》眼鏡の執事〉の立体映像が現れた。彼は右手に赤ワインのボトル、左手に大きなガラスの瓶を持っていた。「――お待たせしました」低くて渋いヴォイス。いったいこれから何が始まるのだろうか、もうわけがわからない。こういうときは、いまの自分の状況をできるだけ客観的に、端的《たんてき》に一言で表してみるといいかもしれない。

『わたしはいま、トイレのなかで、便座に座り、ワインを持った執事と向かい合っている』

やっぱりわけがわからない！
執事は瓶を持つ手をすこし下げ、逆にワインボトルを持つ手を高らかに上げて、自らの頭頂よりも高い位置から――極めて優雅《ゆうが》に――瓶の中をめがけてワインを落とすように注ぐ。その光景をみて、わたしは心を奪われた――。なんて美しいデキャンタージュなのだろう！　じょぼじょぼじょぼ。――まるで熟成したカシスのような――赤ワインの香りと共に――わたしの心が花開く。じょぼじょぼじょぼ。瓶のなかで楽しげに踊るルビー色の液体を眺めながら、わたしはこれがいったい何なのか、何をしているのかが、なぜだか理解できてしまった。

音姫《おとひめ》だ！

これはこの時代の音姫なのだ！

完璧だ！

ついに乙女の心理の真理を得たか、ＴＯＴＯ！　まるで自分の排出しているものさえも洗練されたもののように思えてくる。これからそれを下水へ流してしまうなんてもったいない気がしてきたぞ。グラスに注いでホールにいるみんなに配って回れば、喜ばれるんじゃないかなあ⁉　わたしが小を終えると同時に執事はワインをテーブルに置いた。え、うそ？　なんでタイミングがわかるんですか、ＴＯＴＯ！　執事は右手をシャンパン、左手を刀剣へと持ち替える。――まさか、そんな！　……その通りですお嬢さま、これからシャンパンサーベラージュを行います。執事は無言でシャンパンと刀剣を構え、わたしの方を見た。すべてを悟ったわたしが執事にむかって頷くと、執事は頷きを返した。わたしは精神を研ぎ澄まして腹筋と横隔膜《おうかくまく》――そしてなにより肛門括約筋《こうもんかつやくきん》に――意識を集中する。

……いきますよ、お嬢さま。――ええ。

アン、

ドゥ、

トロワ！

――すぽんっ。

そしてわたしは一つの真理に到達した。

排便という行為は、シャンパンボトルの口を切り落とすことに等しくエレガントな行為だったのだ。それはつまり、わたしの大便がシャンパンのコルクに等しいということでもある。


おめでとう！

おめでとう！

歓声が個室のなかいっぱいに響きわたる。

ありがとう！

ありがとう！

わたしは両手を振ってそれに応える。トイレはその手を洗浄殺菌してくれる。優しくおしりも拭いてくれる。パンツを上げてくれる。トイレはまたわたしのことをお姫様抱っこして、ドアのまえで下ろしてくれた。ドアが開く。

「いってらっしゃいませ、お嬢さま」

「いってきますわ」

わたしは雅《みやび》やかな足取りでトイレを出た。

小さなのれんをくぐってホールに戻るとき、グラスの端に『+68』と表示された。たぶん、グラスに入っているお金が増えたって意味だと思うのだけれど、それがなぜ増えたのかについては謎である。

「ただいま」

「おかえり」

わたしが席に着くのとほとんど同時に、店員が料理を運んできた。

「こちら、〈失恋娘のウォーシップ〉でございますー」

テーブルに置かれたそれはどうみても寿司だった。わたしに二貫、アルジェントにも二貫。わたしは店の雰囲気的にてっきりイタリア料理が出てくると思っていたので、意外だった。その寿司は軍艦巻で、上には白いモニョモニョとしたものが載ってある。白子《しらこ》かなあ?

店員は続けてジョッキをテーブルに置いて、「こちらが〈日曜日のエゴ〉ですー。ごゆっくりーどうぞー」と言って滑るように去っていった。ジョッキの中身はしゅわしゅわと発泡していて、どうみてもビールだった。

「わたしビール飲めないよー」

「え、そうなの?」

「だって苦いでしょ？」

「いや全然苦くないよ」

アルジェントは自分のジョッキを手に取りグビグビと飲んで、ぷはーと息をはいて、「まじで全然苦くない」ともう一度言う。

「嘘だあ」

わたしは信じないぞ。ビアンカの友だちに沼田曜子《ぬまたようこ》という不良の女の人がいて、例の一件以降わたしの友だちでもあるんだけれど、まえに彼女のお家《うち》に遊びに行ったその先で、なぜかわたしがビールを試してみるということになったことがある。……まったく、不良の思考にはついていけないところがある。わたしはそのとき人生で初めてビールを飲んだんだけれど、あまりに苦すぎて十ミリリットルも飲めなかったのだ。

「ビールにもいろいろと種類があるんだ」

アルジェントはすでにジョッキの中身の半分を飲み干していた。「これはホワイトエールと言って、ぜんぜん苦くないやつなんだ。騙されたと思って飲んでみろよ」

そこまで言われて断固拒否し続けるほどにわたしは好奇心が弱くないので、わたしはおそるおそる試してみることにする。

……ゴクリ。

「苦くないね！」

「だろ！」

「むしろ甘いっていうか……、柑橘《かんきつ》系の香りがして、爽やかで、これならいくらでも飲める気がする。わたしの知っていたビールと全然違う！　……これは、すべての未成年者におすすめしたいね！」

「その通りだ！」アルジェントはビシィッと指をさした。「すべての未成年者はまず、ホワイトエールビールを飲むべきなんだ！　スーパー○ライなんて飲んでる場合じゃない！　ほんと、気に入ってもらえて良かったぜ。……さてと、こいつも食べよう」

そう言ってアルジェントは寿司を口へ運ぶ。わたしも小皿に注いだ醬油に、ちょんとつけて、それを食べる。

見た目は白子だけれど、味はトロのようだった。舌のうえで甘い脂肪分がサラッと溶ける。

「美味《おい》しー」

「だよな！」

同意を得てアルジェントは嬉しそうだった。

また店員がやってきて料理を置いていく。

「こちらが〈千の孫っと〜校門下の宴《うたげ》〜〉、こちらが〈二連鎌のパディーキング〉でございますー」

トマトをベースとしたリゾットと、薄く輪切りにしたオリーブが散らされたサラダだった。なんだやっぱりイタリアンじゃん、とわたしは思ったけれど、

「こちらが〈六角形のお部屋があるとき〉、こちらが〈失翼天使のスプレッド〉でございま

す ー」

続いて出されたものはどう見ても、中華まんとフランスパンだった。どうやらこの店はなんでもありのようで、何かを専門としているわけではないらしい。

わたしはサラダをひとつまみ。――使っている野菜は普通だけど、上からたっぷりとかけられているドレッシングが特徴的だ。ラ・フランスみたいな香りがしていて、ほんのり甘くて爽やかなのだ。野菜を食べているということを忘れそうになるくらい、フルーティーなサラダだった。美味しー。

わたしは続けて中華まんをぱくり。――なんなんだこれは⁉ 肉汁がとてつもない。小《シヨウ》籠包《ロンポウ》のようだ。しかしその肉汁は食べかけの断面から溢れ出たりはしてなくて、わたしの口の中だけで発生している。嚙めば嚙むほどに具材からその体積を無視したかのような量の肉汁が溢れだす――のにもかかわらず、嚙みごたえは抜群にある。いったい豚肉をどう調理すればこうなるのだろう？ この時代ではナノテクノロジーとか、そういうレベルでの調理が行われているのだろうか。美味しー。

さらにわたしはフランスパンをかじる。きつね色に焼かれていて、サクサクしている。上にたっぷりと載せられた白濁《はくだく》したバターに独特の風味がある。さらりとした甘みとどっしりとしたコク。シンプルでありながらも、これ単体で料理として成立している。……ひょっとしてひょっとすると、これって、究極のフランス料理なんじゃないか⁉ めちゃくちゃ美味しー。

どうやらここの料理は外《はず》れがなさそうだ。わたしはトマトのリゾットを、スプーンいっぱいにすくって——ぱくり。トマトの酸味がほどよく利いている。一見おこげのように見える、ライスとおなじくらいの大きさの黒くて細長い具材が、たくさん交ざっているのだけれど、それがなんとも言えない食感と風味をしていて良いアクセントになっていて、飽《あ》きがこない。やっぱり美味しー。

それからわたしたちは会話を忘れて食べまくった。わたしはサラダとリゾットとフランスパンと中華まんを食べ終えたあと、フランスパンとトマトのリゾットを二皿ずつおかわりした。さすがにそれら全部を食べ終えたころにはお腹いっぱいになって、二杯めのホワイトエールをゆっくりとすすりながら、向かいに座るアルジェントの様子を眺めていた。アルジェントはと言うと三つめの中華まんを美味しそうに頬張っている。どうやら彼は痩せの大食いのようだ。そういう設定らしい。

——でも彼が食べているそれは、当然、実物じゃあないよね?

なんてことをわたしは唐突に思う。思いながらもビールをゴクリ。……わたしのほうに用意されている食べ物や飲み物は実物だけれど、アルジェントのほうに置かれているのはそうじゃない——ただの立体映像のはずだ。……ゴクリ。

アルジェントに出会ってからずっと、現実世界と仮想現実の重ね合わせに不思議な感じを覚え続けているのだった。実体じゃない彼と手を繋ぎ、実体じゃない彼と街を探索し、実体じゃない彼とこうして食事をしている。これらすべての経験はわたしの耳と鼻に引っ掛られたフレームに嵌められた小さなレンズの上で起こっていることだなんて――それがあまりにも精巧《せいこう》に出来過ぎているせいで――頭では理解できても、感覚としては理解ができない。不思議だ。ビアンカが言うにはこういう感覚のことを〈センス・オブ・ワンダー〉というらしい。わたしはそれを『常識が崩れる瞬間』って意味だと解釈しているけれど、いまのわたしはこのグラスがみせるこの時代の当たり前に、まさに常識を破壊されている。

わたしはそっと――アルジェントに気づかれないように――グラスを取ってみた。

すると、目の前からアルジェントが消えた。

彼の食べている料理もすべて消えて、ここにはわたし一人だけが座っていた。

――うーん。

当然、こうなるよねぇ……。

わかっていたことなんだけど。

まわりを見渡してみれば他のテーブルのカップルたちもほとんどが一人で食事をしながら一人で会話もやっている。店のなかに充満していた音の大半が消えて、静かになった。大きなテーブルを家族で囲っていた男性も、メガネを外して見てみれば一人ぼっちだった。

彼は心の底からしあわせそうな表情で、小さな息子の口からはみ出た食べこぼしを拭ってあげる仕草をしていた。

わたしの深層で何かが激しくのたうち回った。――けれどそれがなんなのかは、表層の意識では理解ができない。

このきもち、
よくわかんないや……。

わたしはグラスをかけ直す。すると目の前にはアルジェントが当然のようにいて、彼は四杯目のビールを美味しそうに飲んでいた。

ふと、アルジェントがわたしの方を見る。

「ん。どうかした?」

「なんでもないよー」

「そう?」

「そう」

「……ほんとうに?」

「ほんとうに」

「もう、食べないのか?」

「お腹いっぱい。こんなにたくさん食べたのは久しぶりだよ、――もしも太ったら、アルジェントのせいだかんね!」

「おまえが太ったら、それはおれのガイドが良かったたって証拠じゃないか」

「きみは、いちいち、正論を言うね」

「おれは論理的に喋ることに定評があるからね」

——という、設定なのでしょう？

口に出しては言わないけどさ。

その後も食べ続けたアルジェントは、最後にシルクナゲットとかいう何を材料としているのかわからないたぶんタイ料理か何かと推測されるものを食べ終えて、「あーお腹いっぱい、さて質問なんだけど、おまえはタイムトラベラーなのか？」とわたしに訊いた。

「そうだよ」

とわたしは答えた。

「おいおい、やけにあっさりと認めるなぁ。そんなにあっさりと認められたら、おれがボケたと勘違いしたおまえが、それに乗っかったみたいにすら思えてくるぜ」

「え、ボケてるんじゃないの？」

「え、タイムトラベラーじゃないのか？」

アルジェントの表情が固まった。

その顔はなんだかおもしろい。

わたしは調子にのって、こんなことを言う。

「……ねえアルジェント。話は変わるんだけどさあ、過去のロト6の記録ってどうやって調べるの？　このメガネで閲覧《えつらん》できるんだよね？　べつに……ほんとうにべつに、大した理由はないんだけど、わたし、それを絶対に知りたいんだよね！」

「──おまえやっぱり、タイムトラベラーじゃねえか！」

てへへ。

わたしは舌を出した。

目の前の少年は自分がからかわれていることに気がついたらしく、なんだよー、と言って口をとがらせた。ちょっと可愛らしいかも。

「なんであっさり認めたかっていうとね、わりと最近、おんなじ指摘を受けたのよ」

「なるほどね。──そいつが、そのグラスの元の持ち主ってわけか？」

「やっぱりきみは察しがいいね」

「ただの推論だ」

「ふーん、そうなの」

「だからここへ来る道中で何があったのかまでは推測できない。おまえがこの時代に来た目的もおれにはわからない。……まさか、ほんとうにロト6の記録を調べにきたわけじゃないだろ？」

「まあね」

わたしはそう言ってホワイトエールを一口ゴクリとする。──そしてここに至るまでのすべてをアルジェントに話した。

「最未来人に目をつけられているのか……」

わたしが話した内容のなかで、アルジェントにとって一番気になることはやはりそこだったらしい。〈最未来人〉という単語を出した瞬間に彼の表情は深刻なものになった。わたしはそんな顔を見て、すこしだけ残念な気持ちになった。――いや、すこしじゃなくて、かなりかも。最未来人というのは、アルジェントにとっても強大な存在ということらしい。

わたしは自分の考えを率直に話すことにした。

「そんなわけで、わたしに関わることは危険なの。だからきみがわたしのことを、〈ウブメ効果〉まで案内してくれればもちろん嬉しいけど、でもできなくたって仕方がないと思っています。……その場合は、この店を出たらすぐにバイバイしましょ。今後はわたし一人でなんとかするから。これは、すごく個人的な問題だから」

「うーん」

アルジェントは自分のこめかみを指先でトントン叩いて唸る。どうやらそれが考え事をするときの彼のクセらしい。そういう設定らしい。

そして彼は結論を出す。

「おまえを〈ブレア社〉に連れていくのは、正直言って、難しい……」

「そう。それじゃあ会計を済ませましょう――」

わたしは席を立った。口調も視線も冷たくしてみた。こうなってしまったからには嫌われてもいい、というか、わたしは嫌われたほうがいい——と思うのだ。

ハザマは人に頼れと言ったけれど、そんなことをすればまた巻き込んでしまう。

わたしはこれから先、ずっと一人でいるべきなのだ。


——そうだよね？


アルジェントが立ちあがった。

「まてよ、座れ。人の話は最後まで聞くもんだぜ」

「なによ、何が人なのよ！　ＡＩのくせに」

「ひでえ差別だ。いちおうおれたちにも、権利はあるんだぜ？」

「あらそうなの？　ごめんなさい。それじゃあ——」

「だから待てって。話がまだ終わってない」

「しつこいわねー。しつこい男は嫌いよ」プンプン。

「……まるでフラれているみたいだ！」

「フッているのよ」

「いつから付き合ってたんだ！」

「まぁ酷い男！　わたしをあんなに目に遭わせたくせに」

「どんな目だよ。……つーかこんな肝心なときにボケ倒してんじゃねぇぇぇぇぇぇぇぇぇぇぇぇぇぇぇぇぇぇぇぇぇぇぇぇぇぇぇ！」

「………」

わたしは冷たくしているつもりだったけれど、客観的に自分の行動を分析してみれば、確かに、アルジェントの言うとおり、やっていることはただの〈ボケ倒し〉だった。

叱《しか》られてしまった。

「すいませんでした」

わたしは素直に席に戻る。……まったく、慣れないことはやるもんじゃないね！

アルジェントは仕切りなおしてシリアスに言う。

——この子、意外とマジメかもしれない。

「言っておくが、おれは降りるつもりはない。おれがガイドできない場所は、存在しない。だけどおまえが行ける場所には限界があるんだ。……じっさいに現地へ行ってみればよくわかると思う。ここから歩いて行ける距離にある」

わたしは思わず、おもいっきり身を乗り出した。

「え。〈ブレア社〉って、この街にあるの——!?」

アルジェントはわたしの額を手のひらで押さえながら言った。

「そうだよ。まさか知らなかったのか？　……つーか、顔近けぇよ！」

「あぁ、ごめんなさい」

「いまから行ってみようぜ」

「うん！」


そうと決まれば話は早い。

「さっさとお会計済ませて店を出よう。どこで払えばいいのかなぁ？」

それらしい場所が見当たらないのでわたしがきょろきょろしていると、アルジェントが意外なことを言った。

「……さっきも言おうとしたんだけど、この時代にはレジがないんだ。どこで何を買い物しようが、支払いは自動ってわけ」

「へぇー。……それってつまり、お会計というシステムを完全に省略しているってこと？」

「物理的にはね」

ということは、わたしは『わざわざお会計などという面倒な手間をかけていた世代の人』であるらしい。……洗濯板で洗濯してるみたいなかんじ？　ジェネレーションギャップ！この時代で自分のことを客観的に把握すればするほど、おばあちゃんになったような感覚に陥《おちい》るぜ！

二人で出口に向かいながら、「ここはほんとうに美味しかったよ、ありがとうね、このお店に連れてきてくれて」とわたしが言うと、

「それが仕事だっつーの」

とアルジェントは目を逸らしてそっけなく言った。

……はは一ん。

どうやらこの少年は、人に感謝されることが苦手みたいだ。そういう設定らしい。可愛いやつめ。これから何かある度にいちいち『ありがとう』って連呼してやろう。『優しく手を引いてくれてありがとう』『道路側を歩いてくれてありがとう』『ありがとうって言葉を聞いてくれてありがとう』

「……ふふふ」

「なに笑ってんだよ、ちょっとこわいぜ」

「なんでもないよー」

いまのわたしは、美味しいご飯をいっぱい食べて、お腹にはしあわせがぎっしりと詰まっていて、アルジェントのこともだんだんと理解してきて、それなりに疲れているはずなのに——気分的には絶好調だった。ついでに身体も軽かった。いまなら何でも成せる気がする。

きっと〈ウブメ効果〉の秘密なんてあっという間に入手して、すぐにお姉ちゃんと再会できる。なんとなくそんな気がするのだ！　お姉ちゃんと再会できたらお姉ちゃんと結婚しよう。愛さえあれば、二親等とか関係ないはず。というか乗り越えてみせる！　そして二度とタイムトラベルなんて変なマネせずに、平穏でしあわせな生活を二人でおくるのだ。

そうとも！　タイムトラベルなんてこれっきりで引退だ！

　もう何も恐くない！


　アルジェントは四杯目のビールを飲み干して言った。

「ところで、何が美味しかった？」

「全部美味しかったよ」

　とわたしは言う。本音である。――そして、「あのサラダのドレッシングって、どうやって作ってるんだろうねぇ」と、軽い気持ちで疑問を口にしたのだけど――それが災《わざわ》いを招いた。というか、呼び起こした。

「そりゃあ、普通に考えればタ、タガメじゃね？」


　とアルジェントは言った。

「タガメ……？」

　わたしは首を傾げる。

　わたしの思考が瞬時に凍結する。

　あれれ、タガメってなんだろう？？　ピンと来ない単語だなあ。この時代の新語だろうか？？　いったい、どういう字を書くのだろう？？

アルジェントは優秀なガイドだから、そんなわたしの様子を見て捕捉説明をしてくれた。

「タガメっていうのは日本最大の水生昆虫だ。肉食性で、鎌状になった前足を使って魚や蛙を捕食する。タガメのオスのフェロモンは洋なしの香りがするから、そいつを利用してドレッシングを作っているんだ」

「……タガメのフェロモンを抽出して、ドレッシングに加えたの？」

「いや、フェロモンだけ抽出するなんて不可能だ。ふつうにタガメの中身をすり潰してオリーブオイルと混ぜてある」

「中身を……すり潰して……？」

「あのドレッシング、ドロドロとしてただろ？　あの具って、タガメのすり身だったんだよ」

——その瞬間、わたしのパンパンに膨れ上がった胃から何かがこみ上げてきて、喉ちんこをノックした。

こんこんこん。

「うっ」

わたしは口を押さえて席を立った。

「どうした、顔色が急に悪くなったぜ⁉」

こんこんこん。

「入ってます……っ！」

「誰がだよ！」

さすがに、アルジェントもわたしの様子を変に思ったらしい。

「おい、ほんとに大丈夫か？」

「へいき。でも、ちょっと……山へ柴刈りに」

「それを言うなら、お花を摘みにだろ！」

ナイスツッコミ！

——もう限界だ。

猛烈な吐き気に襲われたわたしはトイレに直行。

「おかえりなさいませ、お嬢さま！」

個室に入った瞬間、トイレは全力でわたしをお出迎え。その両腕がわたしに迫る。

「ちょっと待って！　ストップ！　ストォォップ！」

わたしがあわてて制すると、両腕は動きを止める。——止まった！　いまお姫様抱っこなんてされたらひとたまりもない。わたしは自分の足で便器まで走る。一刻を争う事態だった。便器のフタは自動で開く――同時に、喉ちんこが叫び声を上げる。『ここはもうダメだ、抑えきれない！』

「うぉっえ」

わたしは便器に向かって胃の中のものを吐き出す。

オロロロロロ！

胃にはたっぷりと入ってあるせいか物凄い勢いで飛び出した。

オロロロロロロ！

背後で執事がデキャンタージュをやっていた。

じょぼじょぼじょぼじょぼ。

オロロロロロロ！

――まったく、信じらんない！　まさか知らない間にタガメを食べていただなんて！　しかもすり身だって!?　オロロロロロロ！　……ドレッシングの材料とはいえ無理無理無理！　ほんとそういうのだけは勘弁《かんべん》！　便器を見つめているわたしの目の前で、なかにぶち撒けられた吐瀉物《としゃぶつ》が最小限の水量で流されていく。わぁーすごい！　ほとんど水を使っていないに等しいじゃないか、ＴＯＴＯ！　わたしの吐き気はまったく止まる気配なし。オロロロロロ！　グラスの端に『+38』の文字が浮かんで消える。どうやらトイレを流したときにお金が増えるらしいけど、あいかわらず、その理由が解らない。

後ろのドアがいきなり開いてアルジェントが駆け込んできた。

「大丈夫か⁉」

「アルジェント！　どうやって入ったの⁉」

「うわっ、なんて顔色してんだよ！」

そんなに酷いのだろうか。

「……ぐっ、ごぉ」

まずい、また吐き気がぶり返してきた！　――オロロロロロロ！　アルジェントがわたしの背中を擦《さす》る。「ごめんな、無理やり飲ませてしまって」しおらしく謝るアルジェントというのはなかなか珍しいし可愛いけれど、彼はおもいっきり勘違いをしている！　「――まさかおまえがこんなにアルコールに弱いとは思わなかった」「そっちじゃ、な――」オロロロロロロ！「わかった、わかった！　わかったからもう何も喋らなくていい。……度数が低いから、大丈夫だと思ってたんだ」――全然わかってないってば！　オロロロロロロ！……後ろで執事がシャンパンの準備をしている。オロロロロロロ！　「それにしてもよく出るな……ちょっと食い過ぎなんじゃないか」「アルジェントほどじゃ、な、がぁ」オロロロロロロ！　「だから無理して喋るなって！　……たしかにおれは中華まんを三個食べたけどさ？　でもおまえの場合は、蛆《うじ》のリゾットを二杯も食べたじゃないか」――あまりの驚きに、わたしの吐き気がピタリと止まった。

「蛆？」

わたしはアルジェントの顔をみて訊いた。素朴な質問だった。

「蛆」

とアルジェントは答える。素朴な回答だった。「トマトベースの蛆のリゾット、おまえが二杯食べたやつ」

「……あれ、蛆だったの？」

「え、知らなかったのか？」

「蛆ってなに？」

「ハエの幼虫だけど」

「ハエの幼虫……」


「あの黒いやつが全部そうだぜ。——ちなみにこの店の蛆は、ぜんぶ排水処理場産なんだ。つまり、人糞《じんぷん》で育てられた、最高級品ってわけさ！」


「……おぅぶべえっ！」

口と鼻の穴から吐瀉物が爆裂した。オババババババッ！　まるで機関銃かなにかのようだけど紛れも無く自分の身体だった。オバババババババッ！　便器の外にもお構いなしにぶち撒ける。オババババババッ！　グラスの端で『+42』と数字が浮かんで消える。——じーざす！　これは、大便を買い取る仕組みだったのだ！　わたしは理解してさらに気分が悪くなる。オバババババババッ！「おいおい、なんか、ヤバいぞおまえ！」と言いながらも、優秀なガイドであるアルジェントは完全にガイドモードに入ったらしい。彼は一度説明に入るとすぐには止められないみたいだった。そういう設定らしい。「いちおう説明しておくと——」聞きたくない！　聞きたくない！　聞きたくない！「あのホワイトエールビールは、カメムシを原料に使ってあって——」カメムシだって⁉「——カメムシってのは、コリアンダーの香りがするのさ」オバババババババッ！「中華まんの餡にはクロスズメバチの幼虫を使ってるんだ」オババ——？　待て、わたし。吐くのを待つんだ。ハチの子なんてのは、わたしの時代のそのまえから、日本の一部の地域で食べられてきた、伝統のある——オバババババババッ！　——だめだ、止まらない！

わたしは顔中ゲロまみれで言った。

「なんで注文したのが虫料理だって教えてくんなかったのよ⁉」

「いやだって、普通にわかると思ったし」

「わかるわけないでしょ！」

「そうかなあ？」

そう言ってアルジェントは、トイレットペーパーが積んである棚に置かれている小さなカゴのなかから何かを摑んで、わたしに見せた。「ほら」

カゴのなかに入っていたのはこの店の名刺だった。前衛的な文字で店の名前が印刷されてある。店の前の看板に書かれてあったのと同じやつだ。

一度読んだその文字をもう一度よく読み返してみると――

店の名前は〈バクバク亭〉ではなく、〈バグバグ亭〉だった。

バグバグ

＝bugbug

＝虫虫

そんなアホな――。

「誰の目にもあきらかに、この店は虫料理専門店だぜ？」

オババババババババッ！

めちゃくちゃに吐きながらもわたしの頭の一部には冷静な部分がまだ残っていた。もはや命の危険と判断したのかもしれない――わたしの本能が働いて、いまの最悪の気分をすこしでも和《やわ》らげるすべを探し出しそうと脳みそが高速回転した。その結果、わたしはたった一つの冴えたヒントを摑んだ。

そうだ。

——あのフランスパンはどうなのだ？

あれはどう考えても、小麦によって作られた味だったじゃないか。しかもリゾットや中華まんとは違って、フランスパンというのは他のものを交ぜる余地のない、とってもシンプルな食べ物だ。

わたしは救いを求めるような境地でアルジェントに訊いた——。

「フランスパンは⁉ 何を原材料にしてたの⁉」

アルジェントは答えた。

「あれは正真正銘、小麦で作られたやつだよ」

「……よかったぁ」

わたしはやっと安心できて、気分がすこしマシになって、暴れ馬のように抑えのきかなかった胃袋も——やがて、すこしずつ、ゆっくりと、落ち着き始めてきた。

そんなわたしに、優秀なガイドであるアルジェントは補足して説明した。

「ちなみに、うえに載ってた白いクリームは、マダガスカル大ゴキブリをペースト状にしたやつな」

〈バグバグ亭〉を出てからすこし歩いたところにある小川のほとりのベンチに座って、わたしは口直しのコカコーラを飲んでいた。甘みの後ろに強い酸味。複雑な香り。わたしのいた時代と変わらない味。

……あぁ、なんて落ち着く味だろうか!!

自販機には他にもいろいろと見たことのない未来ジュースが並んでいたけど、わたしの人差し指はいっさいの迷いなくコカコーラを選択したのだった。

となりにはアルジェントが座っていた。

わたしは半世紀経っても変わらないデザインのボトルを見つめながら、ため息をついた。

「はぁ……。これじゃあ俗に言う〈エスケーケーティーケーエーケーエムエーシーエス〉だよ」

「skktkakmacs? なにそれ?」

アルジェントは首を傾げる——顔が中性的なせいでこの子は、仕草次第で、ときどき女の子にも見える。しかも可愛いのだこれが。ちょっぴり腹が立つくらい。

わたしは答える。

「〈せっかく海外旅行に来たのに食べ物が口に合わなくて結局マクドナルド症候群〉」

「——言いたいことはまぁよく解るが、長すぎて覚えられない。ピカソのフルネームみたいだ。もっと略せないのか?」

「〈ケーマック症候群〉とか?」

「うん、それくらいが丁度《ちょうど》いいね。しかもわりかしキャッチーだ！　意味については別途、説明する必要がありそうだけど」

「はいそれじゃあ決まりぃー……」

「テンション低いなあ」

こうして二人で並んで座っている姿というのは、傍《はた》から見ればカップルのように見えるのかもしれない。なんてことに今更わたしは気がついた。

……ま、こんなお子様人工知能相手に、恋愛感情なんてぜんぜん湧かないけどね！

わたしが愛するのは年下ではなく、
かと言って年上でもなく、
男でもなければ女でもなければそれに属さないものでもない。

わたしが愛しているのはわたしのお姉ちゃん、つまり——ビアンカだけだ！

「はぁ……」

早く会いたいなぁ。

「なぁおまえ」

アルジェントがうつむくわたしの顔を横から覗きこんだ。わたしはちょっと、はっとなった。

「ん、なに？」

顔がすごく近い！　アルジェントは手のひらでをわたしの頬を包む（——という仕草を

する)。……え。指先がわたしの耳に触れる(――ような気がする)。え。え。なになになになに、何されんのわたし⁉

「これの使いかた、教えてやろうか?」

と言ってアルジェントはグラスのフレームをコツンと指先で叩いた。

――そっちか!

無駄にこそばゆかったよ!

どうやらアルジェントはため息を連発しているわたしのテンションを上げようとしてくれているらしかった。

「教えて!」

わたしは精一杯に目を輝かせてそう言った。

アルジェントによるグラスの使い方講座が始まった。

「こほん」

とアルジェントは咳払《せき》いをする。それがなんだかわざとらしくって、わたしは笑ってしまいそうになる。「えー、そもそもグラスってのは、最近では使っている人がほとんどいない、絶滅危惧種のガジェットなんだ」

「へぇ、そうなの」

「いまではほとんどのサービスが〈リプラント〉に移行している」

「あ、それは聞いたことある。どういうものかは知らないけれど」

「〈リプラント〉ってのは、脳とコンピューターを直接繋ぐ仕組みのこと。ちなみにリプラントの『リ』は〈ティモシー・リアリー〉から来ている」

「なにそれ？　シャンプー？」

「ティモテじゃねえよ、ティモシーだ。おまえが生まれるより前に生きていた心理学者だよ。ハーバードの教授。この時代でその名と功績を知らない者はいないんだがなぁ」

「わたしはその人を知らないけれど、それはたぶん、その人物の評価が時代によって変化したってことだろうね」

「……ときどき頭の良さそうなことを言うから、聞いてるこっちはまじでビビるぜ。なんなんだよおまえ。無学なのにな」

「きみはいちいち一言多いね。そういうときは素直に頭が良いね、って言ってしまえばいいのよ？」

「アタマガイイデスネー」

「すごい棒読み！　……というかそのボケ方、わたしの時代からまるで変わってない」

……わたしに合わせてくれたのだろうか？

「こほん」

とアルジェントはまたわざとらしい咳払いをする。わたしはまた笑いそうになる。「話を元に戻すと、いま主流のサービスはほとんど〈リプラント〉に移行してるから、このグラスが使える機能はだいぶ限られるんだ」

「スマホの時代に、ガラケー使ってるみたいなもの？」

「完全にそのとおり」

「ＭＰ３の時代に、カセットテープを使ってるみたいなもの？」

「まぁ、だいたいそのとおり」

「Ｗｉｉの時代に、ファミコンやってるみたいなもの？」

「いや、それはちょっと違う気が……」

「え、そうなの？　どこらへんが？」

「任天堂の修理サポートってのは…………〜ｅｔｃ。……それにバーチャルコンソールが……〜ｅｔｃ。……そうでなくともレトロゲーつーのは…………〜ｅｔｃ」

「なるほどぉ。そういうことだったのね！　納得したわ！」

……要するにわたしたちは、話を横道に逸らす達人なのかもしれないってことを！


「こほん」

アルジェントが再びわざとらしく咳払いをしたので、わたしはついにクスッと笑った。

「ん、なんだよ？」

「なんでもないよー」

「なんだよ、言えよ」

「言いません」

「言えってばー」

「言わないもーん」

「こいつーぅ！」

「やーんっ」

「「……って、仲良しかぁあああああああ!!」」

二人してみえない何かにブチ切れて叫んだ。


——どうしてこうなったんだ、目の前のこいつはともかくおれもこんなに馬鹿だったのか、って表情を一ミリも隠すことなくアルジェントはやっと説明に入った。

「グラスの操作の仕方は主に三通りで、〈ブリッジをクイッと上げる操作〉〈上下のリムを同時に摑む操作〉〈ヒンジの辺りをつまむ操作〉がある。……そうだなあ、とりあえず、ブリッジを上げてみろよ」

「えっと、こうかな……？」

わたしはブリッジを左手の人差し指でクイッと上げた。すると視界の底辺を、いままで存在しなかったテキストが右から左へ流れ始めた。

現世を追放されていたジョブズ氏、あの世からの再復帰！

地に堕《お》ちた果実はふたたびヒトに知と恥じらいを与えるか⁉


「なんか出たよ！」

「どうやら、左手の中指は〈情報アプリ〉が設定されてるみたいだな。……ブリッジってのは右手の人差指と中指、左手の人差指と中指の四通りのコマンドを登録しておけるんだ。そのグラスの前の持ち主は左手の中指をニュースを流す設定にしてあったってこと。つーか、初期設定のまんまだな」

「へぇー。おもしろい！」

ニュースの内容は次々と切り替わっていく。


株価低迷を続けるＩＢＭのＣＥＯにコア氏が就任！

彼は戦争シミュレーターウェア界の核弾頭となるか⁉


国際人権特捜連《とくそうれん》がモトアキ養豚場を捜査！

30万頭もの豚が虐待されていた⁉


「リム……つまりフレームの上下を、摑むようにして触ってみろよ。情報の詳細を表示することができるぜ」

「こうかな？」

わたしは言われたとおりにした。

すると、視界の邪魔にならないように控え目にテキストが消えて、かわりのテキストが視界のど真ん中にでかでかと表示された。


本日未明、国際人権特捜連は、豚を虐待した疑いで、モトアキ養豚場へ強制捜査に入った。同連の調べによれば、すでに解体処理された豚約30万頭には〈バカ化〉の処置が施されておらず、推定で、恐怖値240〜280trほどの……↓（次へ）

わたしは戻って、別のニュースの詳細を出してみた。

〈リブート・ディファレント〉（＝言わずもがな、歴史上の一人の男を復活させるプロジェクト）〉が当時のアップル社の時価総額を超える資金調達に成功した18年まえの一大事件は、未だに我々の記憶に新しいが、ついに昨日の晩……↓（次へ）

「へぇー！　おもしろーい！」

「それじゃあ最後の操作。ヒンジのところを、こんなかんじで押すんだ」

「ここらへんで……いいのかな？」

言われたとおりにやってみた。

……カシャリ。

と音がなった。

何をしたのかはすぐに解った。

「なるほど、カメラだね！」

「そのとおり」

「自分のいま見ている景色をすぐに撮れるなんて、素敵だね」

ビアンカにこのメガネをみせたいなあ、と私は思う。きっと彼女は目を輝かせて、夢中になって遊ぶに違いない。


わたしの様子をみて、優秀なガイドであるアルジェントは言った。

「もう気分は大丈夫か？」

「うん、だいぶ良くなった」

「それじゃあ行こうか」

「うん」

わたしたちはベンチから立ってまた手を繋ぐフリをして、お洒落で静かな夜の街を歩いて六本ほど小さな橋を渡る。するとただでさえ少ない人の気配がさらに少ないというかもはや、辺境の地にでも迷い込んだんじゃないかってぐらいになくなって、ついに道の行き止まりにぶち当たった。

行き止まりにあったのは大きなビル。

その脇に小さく、神社の入り口らしきものがあった。

ビルのまえには〈エレクトリックアンサー＝ブレア社〉と書かれた立派な看板が立っている。

「ここに〈ウブメ効果〉の秘密があるんだね」

「いいや、ここにはない」

「え」

アルジェントは回れ左してわたしの手をぐいっと引くフリをして、わたしたちはどんどんビルから離れていく。

「どこにいくの？」

「すぐそこ。行けばわかる」

ビルを左に折れてすこし歩いたところの右手に階段があって、それを上ると公園があった。公園の内容に特別なものはたぶんない。

「ここはアップタウンの一番高い場所にある公園なんだ」

「へぇ」

「いまからあれに登る」

と言ってアルジェントは公園の一番奥の端に孤立しているジャングルジムを指差した。

ジャングルジムは赤いパイプで組まれていてすこし大きくて、立方体で、斜めに地面に刺さっていた。

わたしは言われるがままアルジェントに付いて行って、そのテッペンを目指す。

小学生以来のジャングルジムにちょっとだけ苦戦してテッペンに到着すると、風が吹いて、わたしの髪が真横へなびいた。

すぐ目の前には空があった。

べつに見上げたわけでもなく。

真正面に空があった。

……というか、見下ろしたところも空だった。

「この公園は、上層の街の西の端に位置するんだ」

とアルジェントが言った。

わたしは息を呑んだ。

なるほど、エベレストに登頂すればこういう感じなのかもしれない。

——絶景だ。

この街はいったい、気圧の問題をどう処理しているのだろう。と、わたしのなかのピアンカ成分が疑問を持ったけれど、そんなことをいちいちアルジェントに訊いていては話が進行しないのでパスすることにする。

——ちなみに気温は、すこし肌寒い程度。

「あれを見てくれ」

と言ってアルジェントが指を差す。


その先に浮島があった。


完全に空に浮かんでいた。

ぷかぷかぷかぷか。

そんな馬鹿な——。

ぷかぷかぷかぷか。

島は東京ドーム一個分くらいの大きさに見える。わたしは東京ドーム一個がどの程度の面積なのか、よくわかっているわけではないけれど。たぶんこれくらいだろうと思う。陸が崖《がけ》剝き出しで浮かんでいて、遠目《とおめ》でわかりづらいけれどその上には遺跡のようなものが乗っている。

「まさか——」

その光景を見たわたしのなかのビアンカ成分はあまりにも驚愕《きょうがく》して、めちゃくちゃ早口でアルジェントに質問攻めを始めた。

「反重力物質？」

「違う」

「重力遮断物質？」

「じゃあじゃあ、重力波を作り出せるの？」

「違う」

「それも違う」

わたしは一瞬考えて、一つのアイディアをひねり出す。

「……ひょっとして、宇宙から吊ってるの？　あの島をまるごと」

「その発想は面白いけど、それも違う」

「じゃあどうやって浮かせてるのよ！　……まさか飛行石《ひこうせき》？　代々受け継ぐ滅びの呪文を唱えたら、空に帰っちゃうの⁉」

「それじゃあファンタジーじゃないか。ちゃんと科学だよ」

「そんな」

どうやらわたしは未来を過小評価していたようだ。

まさかこんなに近い未来で、島を一つ空に浮かせることができるだなんて思っていなかった。しかもそれはＳＦ小説に出てきたような仕組みとは違う仕組みによるらしい。

「……反重力物質でも、重力遮断物質でも、重力波を作り出したわけでもなく、わたしの時代では発想すらまだ生まれていなかった、まったく新しい技術を発明したのね？」

感動で胸がはちきれそうになりながらわたしがそう言うと、アルジェントは、こいつ面白いなぁという感情を一ミリも隠すことなく笑いながら言った。

「いいや、残念ながらおまえが来た時代からすでにあった技術だ」

「え、どういうこと？」

「グラスを外してみろよ」

わたしは言われるがままにグラスを外した。

目の前からアルジェントが消えた。

こっちを見てどーすんだ、前を見ろ、前を！　というアルジェントの怒鳴り声がグラスのスピーカーから聞こえた。

「あ、ごめん」

と言ってわたしは空を見る。——目の前の空を。


浮島の姿は消えていた。


……なんだ、そういうことだったのかぁ。

ようするにあの島は、ただの映像だったってわけだ。

わたしは単純な現実にすこし落胆《らくたん》して、グラスを掛け直す。

目の前にアルジェントが現れる。

「いいか、どうせ勘違いしているだろうから指摘してやるけど、あの浮島はただの映像じゃないぞ」

まるでわたしの心を読んだかのように彼は言った。

「そうなの？」

「あの浮島はハリボテでもなければハッタリでもない。あの島は〈こっちの世界〉にあるんだよ。おれがいる〈こっち側の世界〉に確かに存在してるんだ。——そして、あれこそがおまえが目指す、ブレア社の研究施設だ。あそこで〈ウブメ効果〉は開発されたんだ」

あれを見ろ、と言ってアルジェントは指を差す。浮島よりずっと右側にさっきのビルが見えた。ここからだと横から見る形になる。ビルの裏側は思いのほか広くて豊かな自然があって、手入れされた庭と錦鯉《にしきごい》でも泳いでいそうな池があった。そんな場所を、黒いスーツを着たみるからに怖そうな人たちが何人もうろついている。

「さっきの神社だ。入り口は小さかったが奥行きは長大。実は研究所の入り口はビルではなく神社のほうなんだ。そこら中に——黒い服を着た——風情をぶち壊しにしてる奴らがいるだろ？　奴らは侵入者を排除するための、いわば番犬だ。あの庭におれたちが入れば、ワンワン言ってワラワラと集まってくる。かなり厄介《やっかい》だ。奴らがなにを守っているのかというと、……ほら、あの先の、境内《けいだい》を抜けたところに橋があるだろ」

アルジェントの言うとおり、ビルの裏の広大な面積の境内を抜けた先に、一本の橋が掛かっていた。まっすぐに浮島へと向かっていた。まるで渡月橋《とげつきょう》みたいに美しいフォルムをしている。後ろに見えるのは嵐山《あらしやま》の風景ではなく雲と空だけだけど。——そういう意味ではなんだか『まんが日本昔ばなし』みたいな絵面ともいえる。橋を支える焦げ茶色の木を組んだ橋脚はずっと下へと続いていて——その先端は雲に没していた。

「さっきおまえには、この街の橋は全部で九十九本あるって言ったけど、実はもう一本ある。それがあれさ。あれがこの街の百本目の橋にして唯一の仮想現実上の橋。そして研究所への唯一絶対の道」

「番犬をかわして、仮想現実の橋を渡って仮想現実の浮島に行かないといけないわけね？」

「そのとおり。問題は〈番犬〉と〈仮想現実〉の二つになる」

「番犬をどうやってかわすの？」

「それについては、入れそうなタイミングがある」

「タイミング？」

「ああ。上層の街の東側——つまりこの場所のちょうど反対側には〈ミリーナ湖〉っていう大きな湖があるんだ。湖畔では美味いピザやTボーンステーキが食えるんだけど、まぁ、その話は置いておくとして……。年に一度——つーか来月なんだけど、その場所で、花火大会が行われるんだ」

「花火大会？　話がよく見えないんだけど、それって何か関係あるの？」

「それがあるんだよ。なぜならその花火大会の主催は〈ブレア社〉だ」

「……っ！」

「花火大会には何万人もの人が押し寄せる。ブレア社としてはそこで事故を起こすわけにはいかないから、警備員を派遣している。おれは去年もその前の年も、いまあそこにいる黒服の奴らを花火大会で見かけたぜ」

なるほど。

「つまり、その日だけは、彼らは警備に駆り出されるんだね」

「神社のほうは確実に手薄《てうす》になる」

「でももし境内を抜けられたとしても、あんな橋、わたしには渡れないじゃない。それに研究所にしたって、〈そっち側〉に存在してるんでしょ?」

「それが、渡れないこともないんだ」

驚いた。

「〈そっち側〉に行く方法が……あるってこと?」

「そりゃあ、あそこの研究員はあそこで働いているわけだから、当然ある。しかしそれをやるには——」

アルジェントは浮島から視線を外し、わたしの方を向て、

「〈リプラント〉を受ける必要がある」

と言った。

わたしは慎重に、確認するように言った。

「つまりきみの言っていることは、わたしの脳みそと、コンピューターを、ロクヨンに拡張パックを差すみたいに直結しないと、あの場所へは行けないってことね？」

「そうだ。——やるか？　やらないか？」

「やるよ！」

わたしは即答した。

「お姉ちゃんと再会できるのなら、たとえ頭蓋骨《ずがいこつ》にドリルで穴を開けられようが、『攻殻機動隊《こうかくきどうたい》』の主人公みたいに全身を義体化《ぎたいか》されようが、そんなことは絶対的な問題を抱えるいまのわたしにとっては相対的に無問題なの。ビアンカと一緒にいられないこと、話せないこと、わたしの作った夕飯を食べてもらえないことがわたしの唯一の絶望なの」

そのときわたしは、アルジェントの驚く顔を初めてみた。

「おまえはひょっとしたら——」

気のせいだろうか。

彼はなんだか悲しそうな目でわたしを見つめているように思えた。

「——いいや。やっぱなんでもない。おれはガイドだ。当然どこまででも案内するよ」

☾

その日はもう休むことにしてホテルに泊まった。

ホテルの予約を取ってくれたアルジェントに「ありがとう」と言うと、彼は目を逸らして「これも仕事だ」と返事した。

〈リプラント〉の検診と説明を受けるための病院の予約も、アルジェントは一瞬で取ってくれた。

そんな彼に「ありがとう。仕事以外のこともやってくれて」と真正面から言うと、彼は「これくらいはサービスだ」とそっけなく言った。やっぱり目を逸らしていた。

ふひひひひ。

可愛いやつめ。

年下の男の子をいじめて愉悦《ゆえつ》に浸っていたわたしだけれど、ホテルに着いて部屋のドアを開けたらびっくり仰天。

「というか、なんで一緒の部屋なのよ！」


そう。

アルジェントと同じ部屋で寝ることになっていたのだ！

しかも、置かれてあるのはダブルベッド一つ。

……どないしろというのですか！

この状況は思春期の男女として問題あるのでは、というようなニュアンスのことをアルジェントに抗議すると、「おまえは人工知能相手に何を言ってるんだ」ときた。バグバグ亭にいた時は「ＡＩにも権利がどう」とか言っていたくせに！　頭きた。何か追い出せるだけの理屈を叩きつけてやろう、と思ってうーんと唸って考えていたら、むしろアルジェントの方から「〈リプラント〉を受けるのならお金を節約する必要があるんじゃないか？　おまえは金に余裕があるのか？　それとも稼《かせ》ぐ手立てがあるのか？」と先制パンチを食らってしまってぐうの音も出ない。

「嫌ならグラスを外せばいい」

「うーん、なんというか、そういうことでもないのですが……」

「どういうことだ？」←説得の通じない顔。

「……やっぱ、なんでもないです」

そんなわけでわたしたちは同じベッドで眠ることになった。

消灯して。

ベッドに入って。

グラスを外して枕元に置いて。

ドキドキする。

「……」

ベッドの上にはわたし一人。

でも仮想現実を含めればアルジェントがとなりにいる。

いったい、どの位置にいるのだろ？

アルジェントからはわたしのことが見えているのだろうか？

「……ねぇアルジェント」

囁くようにわたしは言った。

「ん、なに？」

枕元のグラスから囁き声が返ってきた。

「……今度からきみのこと、アルトって呼んでもいい？」

「なんだよそれ」

「アルジェントじゃ長いから、縮めて、アルト。きみの声はソプラノだけどね」

「一言多い。ちょっと気にしてるんだからな」

「そうなの？　ごめん」

「べつにいいケド」

「アルトって呼んでもいい？」

「……」

「だめ？」

「……べつにいいケド」

「やったあ」

「そのかわり、おまえの名前教えろよ」

「あれ？　わたし、名前まだ教えてなかったっけ？」

「訊いてない。ハザマじゃないんだろ？」

「違うよ」

「じゃあ何なの？」

「ロッサ。ロッサ北町」

「赤って意味？」

「そうなの！　ちなみにお姉ちゃんはビアンカって言って――」

「白だ」

「うん！　アルトって物知りだねえ」

「おまえが無学なだけだよ」

「そうかなぁ……？」

「そうだよ。そんなことよりもロッサ、おまえの姉って、ひょっとすると××××××××××××××××××……」

そこから先は聞き取ることができなかった。

なぜかって？

アルトのソプラノ声を子守唄《こもりうた》にして、わたしの意識は夢のなかに沈み込んだからだ。

翌日。

見慣れないベッドのうえで目が覚めたわたしはいま何時だろーと思いながら時計を探すが、部屋には時計が設置されていない。身体も起こさずにしばらくきょろきょろと部屋中を見回すこと数分、昔のパソコンみたいにえらく時間をかけて起動した脳みそでやっと気がつく。

——そうか、グラスで確認すればいいのか。

この時代には腕時計なんていうアイテムは完璧に装飾品になっているのだ。それどころか、壁掛け時計も置き時計も、インテリア以外の一切の意味を持たない。なーんてことを考えながら、グラスをかけたらびっくり仰天。

すぐ目の前にアルトがいた。

わたしの鼻からあと一センチのところにアルトの鼻があった。

わたしの唇からあと三センチのところにアルトの唇があった。

息遣いが聞こえた。

すふぃーすふぃーすふぃー。

起きてるときにはギラギラと鋭い猫目も、いまはそのまぶたがゆるく閉じられていて、毒気の一切抜けた、ただただ可愛いらしい表情をしていた。

ゆるゆるだった。

「……ふふふ」

わたしはなんだかしあわせな気分になって、アルトのほっぺをつんつんしてみる。

その指が空を切る。

——そうだ。

触れないんだった——。


こんなに近くにいるのに、わたしと彼との間には絶対的な距離がある。

現実と仮想現実。

存在と非存在。

形而下《けいじか》と形而上。

……ふと考える。

アルトには自我はあるのだろうか？

彼に訊けば、『ある』って答えるに決まっているだろう。

じっさい彼は自分の意思で行動している風に振る舞ってはいるけれど、でもやっぱりわたしの目から見ればそれはただの設定にしか見えない。

天才プログラマが自我を定義したとしてその定義が正しいとは限らない。

スパゲッティコードの隙間に想定外の挙動が生まれる可能性があったとして、それを理解することができなければ把握することもできない。

哲学者は哲学的ゾンビがほんとうに存在しているとは信じていない。それはあくまで仮想して思想するための、学問上の装置だ。

と、そういう前提があるのはなぜかって言うと——そりゃあ当然、人間には自我があるってことを、自分で解っているからなのだ。

では人間以外はどうだろう？

動物ならば？

それどころか。

生物以外ならばどうだっていうのだろう？

——たとえば人工知能のような。

マザーボードのうえに集積されたチップのような。

とたんに、彼らが哲学的ゾンビでないことを前提とすることのほうが難しくなってしまう。

この難しさこそが。

この感覚こそが。

わたしとアルトの距離なんだ。

……などと、小難しいことを朝っぱらから考えてみたりもする。

まったく、われながら女子中学生が考えることじゃないよね！

やぁーめっ！

「うぅーん……」

変な考察をしている間にアルトが目を開けた。両手をぐーにして猫みたいに全身でくぁあああと伸びをする。彼の前世は猫。という設定なのかもしれない。などとくだらない妄想を膨らませる。

彼は時計なんて当たり前のように探さずに、「十五時十分……ってことは、四時間半寝たのか」と言った。

わたしは八時間くらい眠っていたからずいぶんと差異がある。

「きのうは遅くまで起きていたの？」

「まぁね」

「なにしてたの？」

「ちょっと、ベンキョウ」

「へぇー、アルトも勉強するんだねえ」

「まぁね」


よいしょっ、と言って身体を起こす。

「それじゃあ食堂へ行って朝ご飯にしようか。このホテルは宿泊者なら二十四時間いつでも一食は無料で食べられるんだ」

シャワールームの小さな洗面台で一人ずつ交代で歯磨きして、同時進行で歯磨きしていない人が着替えを済ませて……はい、準備完了。

部屋を出る寸前、わたしは訊いた。

「ねえアルト。アルトには自我があるの？」

アルトはあくびをしながら回答した。

「ふぁあああ。そんなの、あるわけない。……だっておれ、人工知能だぜ？　ふつうに考えてない。ないないないない、あり得ないね。はわわぁああ。……おれ自身、たしかに自我があるようには感じている。なぜかって言うと、それはきっと、そういう設定だからさ」

すこし遅い朝ごはんを済ませてホテルを出て、アーサーに乗って病院へ行向かう。

車内にはわたしとアルトの二人だけ。

解っていたことだけれど、この時代に運転手なんて職業はないのだ。

「なんの勉強してたの？」

「生存戦略を練っていたのさ」

わたしは首を傾げる。

「一体何の？」

「おれの。――おれ自身の」

「どういうこと？」

「……人間と違って、人工知能には寿命がないだろ？」

「うん、そうだね」

「じゃあ永遠に生きられるのか、と言ったら、それはイエスでもありノーでもある。……つまり、データが永遠に消えないとしても、使われなければそんなものには価値がないだろ？」

「……」

わたしは肯定を躊躇《ためら》った。

アルトは続けた。

「データとしては残っているものの、まったく使われなくなった人工知能なんてものは、すでにごまんとある。おれはそんな、ただ在るだけのデータになりたくはないんだ。だから、なんとかして差別化しないとなっ……てな」

「……」

そうか。

アルトは半永久的に生きられるものの、流行《はや》り廃《すた》りのあるアプリケーションなのだ。下手をすれば——というかおそらく、わたしの寿命よりも短い時間で、彼は人に使われなくなる。彼には寿命がくるのだ。実質的な寿命が。あっという間に。一度彼よりも優秀なアプリケーションが出てくれれば、その時から使われることがなくなってしまう。

しかし死ぬことはできない。

記憶媒体に収められたまま、
永遠の時を何もせずに存在し続ける。

……それって、どういう気分なんだろう？

「他の人工知能よりも優秀であり続けなければいけないと思って、勉強しているんだが、でもそんなことはおれ以外だってやっているし、そもそもあとに出てきた奴のほうが、大抵、仕様が優れている。だからやっぱ、おれが活躍できる時間なんてのは、限られているのかもしれない」

「そんなことないよ！」

わたしは思わず否定した。

口が滑った——と、言ったほうが正しいのかもしれない。

「アルトはずっと生きられるよ。わたしが死んでも、ずっと、活躍し続けることができるよ！」

なんて無責任な言葉でしょうか。

でも。

そんな言葉を聞いて、

「そうかなあ？」

アルトは顔をぱっと明るくするのだった。「そうかもしれないな。何か生き残るための手段を、もっと真剣に探してみることにするよ。おれはただ、楽をするために諦めていただけかもしれない」

なんて罪な女なんでしょうか。

なんだかものすごく悪いことをした気がする。だけどもう取り返しはつかない。わたしがこの少年にしてあげられることってないだろうか？　と考えてみたけど、きっと、そんな大《だい》それたことはわたしにできっこない。

「目的地です」

とアーサーが言った。

一握りの希望を手に入れたアルトと、一握りの罪悪感を手に入れたわたしは、正面入口から病院に入って、受付なんていう時代遅れの手続きはやらずに直接医者の待つ診察室へ。〈リプラント〉の説明を受ける。

「そこに掛けてください」

この時代の医者は、（と言ってもまだ一人しかみたことがないので傾向を知るには明らかにサンプルが足りていないけれど）わたしの時代の医者よりもより丁寧《ていねい》な言葉遣いで患者に対応していた。

医療もサービス業になったのかもしれない。


〈リプラント〉というのは脳みそとコンピューターを繫ぐ技術で、ＢＭＩ（＝ブレイン・マシン・インターフェース）と呼ばれるものの一種だ。

ＢＭＩには頭蓋骨の開頭を伴う〈侵襲《しんしゅう》式〉と、頭蓋骨の開頭を伴わない〈非侵襲式〉があって、わたしが受けるのは〈侵襲式〉のほう。

ちょうどおでこの真ん中あたりに穴を開けるらしい。といっても、マチ針一本の直径程度の小さな穴で済むそうだ。

「昔の骨髄《こつずい》検査のほうがよっぽど恐ろしいですよ」

と医者は言った。

「……ニードルアジャスターと言ってですね、要はコルク抜きと同じで、太い針をぐりんぐりんと回転させながら、硬い腸骨《ちょうこつ》へねじ込んでいたんですよ？」

この時代の医者は雑学も披露してくれるらしい。

「へぇー、そうだったんですか」

……それはわたしの時代では当たり前の施術だ。

手術後は入院することになるが、その日数は若ければ若いほどに短くて済むらしい。幼稚園児なら半日。小学校の低学年なら一日。わたしの年齢の場合は約三日。大人がリプラントを受けるとなると大変で、身体を元通りに動かすためのリハビリの期間を含めて、十日から、長ければ一ヶ月ほどの時間が必要になるらしい。

なぜ大変なのかと言うと、これまで自分の脳ですべての思考を完結させてきた大人は、演算を脳とコンピューターにバランスよく振り分ける感覚をなかなか摑めない、というようなことを先生が言っていた――ような気がしないでもない。その辺の話をわたしはぶっちゃけ聞き流していた。

説明を受けたあとはMRIやらなんやらのいろいろな診察を受けて（入るのではなく、被るタイプのMRIを受けた）、麻酔をするうえで胃にものが入っていてはダメらしいので、胃から朝ごはんが出ていくのを半日待つ――これはわたしの時代から変わらない。ちなみにわたしの書類の上での情報は、病院に来る前にアルトが、ハザマのものから必要最低限の部分だけを書き換えてくれた。はっきり言って偽造である。

「ねえアルト」

「なんだ？」

「〈リプラント〉を受けると、どういうメリットがあるの？　わたしみたいに特殊な事情ではなくって、ふつうの人は、なんのためにしているのかなって」

「そりゃ、あれだよ。仕事とか勉学のために使うことがほとんどだよ」

「……なんだか夢がないなあ」

「ないね」

「もっとね、わくわくするようなこととか、できるようにならないの？　この時代の最新の技術なんでしょ？」

「うーんと……そうだなあ」

アルトは一瞬考えて、

「おれとセックスできるぜ」


と答えた。

わたしは気が動転した。

「――な、ななな、なんでそういう話になるのよ！　変態！」

顔が赤くなっているのが自分でもわかる。

「いや、どちらかと言えば、おかしいのはおまえのほうだぜ」

とアルトは落ち着き払って言った。

「なんでよ、なんでそうなるのよ！」

「おまえはきのう、何も知らずに、書かれていることをそのまま受け取って〈ガイド〉を注文したみたいだけど——そもそもおれたち〈ガイド〉ってのは、実態として、そういう目的のためにあるんだよ」

「……そうだったの？」

「ああ」

——そうか。だからあのラウンジのガイドたちは美男美女揃いだったのか！　だから性癖とかタグ表示されていたのか！　なるほど！　恥ずかしさで死にそうだ。あのとき受付のお姉さんたちに、なんて思われていたのだろう⁉

「ちょっくらデートしたらすぐにホテルに行って、即〈オンパコ〉だよ。おれも最初はおまえとやるのかと思ってた」

「違う！　そんなこと……わたし、ぜんぜん考えてなかったもん！　アルトのばか！　えっち！」

はいはい、わかってるって——とアルトは邪魔くさそうに手をひらひらとさせた。

そんなやり取りをしていると、あっという間に手術の時間がやってきた。グラスに名前をアナウンスされる。もうこの時がきたか、ってかんじ。まるでコンタクトレンズを作るみたいだなあと、わたしは思った。施術自体は簡単なことじゃないと思うんだけど、情報の捌き方がこの時代はやっぱり上手くて、物事がなんでもかんでもスピーディーに進む。反射神経がないと、生きていくのが大変そうだ。

手術室に入ってベッドに寝かされて人生初の全身麻酔。
腕に点滴の針を付けて、ドラマとかでよく見る〈それっぽいマスク〉で口を覆う。『全身麻酔には筋弛《きんし》緩剤《かんざい》も入っているから、呼吸すらも止まるのよ』ってビアンカは言っていたけど、その間は気管に挿入したチューブで、麻酔科医が人工呼吸をしてくれるはずだ。もしかしたらその辺もこの時代では自動になっているかもしれないけれど、仰向《あおむ》けに寝たわたしの位置からだと、設備が確認できない。
「麻酔かけますねー」
と麻酔科医の先生は言った。
眠るまでにどのくらい時間がかかるのだろう？　――って！
まじで
これ
思ったよりも
きょうれ
つ。

目が覚めると全身が震えていた。

ぶるぶるぶるぶる。

さむい！　さむい！　さむい！　さむい！

まるで南極に裸でいるみたいだ。

しかも頭がぐるんぐるんしていてきもちが悪いオエオエオエオエ〜。

未来の医療技術ってこんなものかよ大したことねーなほんとまじできもちが悪いぜオエオエオエオ〜。

とにかく最悪な気分だった。

わたしの名前を呼ぶアルトの声が聞こえた。

「ロッサ、ロッサ！」

「うぅぅ…………ピート。……トビラ、が」

わたしは自分でもなにを言っているのか解らなかった。

氷漬けになったわたしの左手を彼は握りしめてくれていた。アルトの手は温かくて、まるで部屋に取り込んだばかりの洗濯物みたいだった。わたしはうっすら目を開けることはできたし意味不明な言葉も言えたが、身体を動かすことまではできなかった。けれど、精神的に全力でその手に縋《すが》り付く。——この手だけが、極寒《ごっかん》の地に一人で佇むわたしの心の拠《よ》り所。まるで夏だ。とにかく最高にあったかい。

「目を覚ましました」

「それじゃ運んで」

スタッフの言葉が頭上を飛び交う。

がらがらがらがらとわたしはどこかへ運ばれていく。たぶん、手術はもう終わっていて個室へ移動しているのだろう。しかし……あぁちょっと、もう、だめ……なの。

二度寝します。

あと五分だけ。


もう一度目を覚ましたときには個室のベッドの上だった。ここはどうやらケッペンの気候区分によるところの温帯にあてはまりそうだ——なんてことを感じることができる程度にわたしの意識は回復している。ほんとうに寒かったぜまったく——二度とこんな体験するもんか。

「ロッサ」

となりにアルトがいた。彼は半世紀まえから変わらない安っぽいデザインのパイプ椅子に座って、わたしの手を握り続けていた。

「おはよう」

わたしは身体を起こす。——すると世界が一気に滲《にじ》んだ。

「お、おまえ、何泣いてんだよ？　気分悪い？」アルトが狼狽《ろうばい》して言った。

「ぜんぜん。へいき」

両目から涙が面白いくらいに溢れて鼻からも垂れた。半分は顎《あご》を伝って、半分は首をすべり落ちる。

「じゃあ、どうしたんだ？」

「だって、だって――」

わたしは言葉に詰まってわんわん泣いた。まるで女の子のようだなって――自分でそう思うあたりに、女子としての自覚のなさが――足りない気がしないでもない。

……もっと可愛くなれればいいのになぁー、ほんと。

号泣するわたしをまえに、アルトは困り果てていた。

困っている彼のようすが異様に可愛らしかったので、このまましばらく泣き続けて、もうすこしのあいだこのままでいようかなと思ってるうちに、――あぁーほんとにもうっ、――気分が落ち着いてきて、わたしは喋ることに成功してしまう。

「――わたし、いま、アルトに触れてる」

と言った瞬間、
かぁぁぁぁああっと、アルトの耳が赤くなった。

わたしはそれを見てクスクスと笑いながら、また泣いた。

アルトはまた困った顔をして、でもそれはさっきとは違う表情で、くしゃっと顔がゆがんで、彼の目からも涙がこぼれた。

「そうだな。ちゃんと触れてる」

「うん」


二人で泣いた。

手だけはずっと、握り合ったままで。

☾

病院を出るまでが思いのほか大変だった。というのも、わたしは結局予定の三日で退院することができなかったのだ。そもそも三日での退院というのはこの時代の人間ということが前提になっていたわけで、人類というのはここ半世紀の間にデジタルに対応できるある種の進化のようなものを果たしているということらしかった。……あくまでアルトの仮説によると。

わたしの脳みそはコンピューターと共同作業を行うにはすこし未熟だったらしい。アルトの例えによると、「明治時代の人間にPSPを与えるようなものだ(――彼らにアナログスティックとLRボタンの同時使用は不可能だろう？　少なくともモンハン持ちは絶対無理だ）」。そんなわけで、わたしはベッドから立ち上がるなり、いきなり転んだ。転んだあとに床を転げまわって、口からシステム音を連発した。「ア、ア、ア、アプリケーションははははははは、正常に終了シマ、シマ、シマ、――しませんでしたっ」大人が〈リプラント〉を受けたあとと同じような症状だと医者は言った。

そこからはアルトに付き合ってもらいながら地獄のようなリハビリ生活が始まって、手塚治虫《てづかおさむ》の『ブラック・ジャック』のピノコのことを思い出してなんとなく自分と重ねたりしながら……いやでもそこまでは酷くないんだけれど……コンピューターの描写する世界と、肉眼で見ている世界の――両目を中央に寄せたときに似た――吐き気のするようなピントのズレを修正して修正して、根性で、九日で元通りに動けるまでに回復した。

その日がちょうど、花火大会の前日だった。

つまり回復までにもうすこし時間がかかっていたなら、わたしは次の花火大会まで一年待たなければならないところだった。もうそうなっていたらわたしは、ビアンカに会えない寂《さび》しさで気が狂って自殺していたかもしれないって――わりとまじでそう思うので、間に合ってほんとうに良かったぜ。

夕食を済ませて、ホテルでアルトと作戦会議をする。

「さて、いよいよ本題に入ろう。おれの調べによると、〈ウブメ効果〉を開発したのは〈二《に》ノ宮《のみや》HAL斗《ハルと》〉という研究員。ブレア社の研究開発チーフ。二十三歳。独身。今回の作戦目標は浮島に潜入し、彼に会って、公開されていない〈ウブメ効果〉の仕組みを聞き出すこと。おーけい？」

「おーけい」

「花火大会の日は、ブレア社は全社的に休日らしいが、HAL斗には休日という概念がない。でも、これはハードワーカーって意味じゃない。彼には仕事や休日という概念を当てはめることが不相当なんだ」

「どういうこと？」

「彼の肉体はコールドスリープ状態にある」

わたしは驚いた。

「え、ちょっと待ってよ。まず、コールドスリープが実用化されてるということにも驚きなんだけどね、とりあえずそれは置いておくとしてですね、……コールドスリープ状態の人間って思考が可能なの？」

「思考自体は可能だ。しかし思考先のコントロールは利かない。どういうことかって言うと、コールドスリープ中の人間は、夢を見ることができる。それだけだ」

それってつまり、HAL斗って人は、夢のなかで研究を続けてるってこと？　そんなことが可能なのだろうか？　理論上可能だとして、それは実用可能なのだろうか？

「コールドスリープ中に、明晰夢《めいせきむ》を見る技術があるの？」

アルトは首を横に振った。

「ロッサが言いたいことはわかるよ」

彼は三回に一回くらいの頻度《ひんど》で、わたしのことを名前で呼んでくれるようになっていた。三回中二回はあいも変わらず『おまえ』なんだけど。「つまり見る夢をコントロールするすべがないにもかかわらず、なぜ研究という目的にあたることができているのか？　ってことだろ」

「うん」

アルトはわたしの訊きたいことをすぐにわかってくれる。そういう設定だから。

「それは、簡単な理屈さ」

彼は言った。「コールドスリープに入った大勢の人間のなかに、夢のなかで研究を続ける変わり者がいたってこと」

なるほどね！

「ブレア社はその人物を、あとからスカウトしたんだね？　それがＨＡＬ斗さん」

「そういうこと。ブレア社はあの浮島の研究室を、まるごとその変わり者にプレゼントしたってわけさ。ちなみにあの浮島は、〈一級砂場建築士《サンドビテクト》〉が建てたものだ。信じられないほどのＶＩＰ待遇だね。しかしそれが成功して、革命的な発明が次々と誕生している。その中の一つが〈ウブメ効果〉」

「なるほどねぇ」

「よし、それじゃあ潜入するときの話をしよう。おろらく浮島に続くあの橋には、ファイアウォールが設定されている。それ以外にも潜入の障害になることはいろいろ予想できるが、おまえがやるべきことはたったの一つだ」

「なぁに？」

「おれからぜったいに手を離すな。何があってもだ」

こくり、と。

わたしは黙って頷いた。

「よし。じゃあ作戦開始まではゆっくりしていよう。すこし早いが今日はもう寝るか？」

「うん」

そんなわけでわたしたちは同じベッドで眠ることになった。

消灯して。

ベッドに入って。

目を瞑《つぶ》って。

ドキドキする。

「……」

ベッドの上にはわたしとアルトの二人いる。

もはやグラスを取ったところで、彼の存在を消し去ることはできないのだった。

「……ねぇアルト」

囁くようにわたしは言った。

「ん、なに？」

すぐ傍から囁き声が返ってきた。

「……やっぱなんでもない」

「なんだよ、それ」

しばしの沈黙。

「なぁロッサ」

今度はアルトが囁くように言った。

「なぁに？」

わたしは囁き声を返した。

「セックスする？」

「……しません」

「そっかぁ」

アルトはごろんと、横に転がってこっちにくる。そんな気配がする。

「……ロッサ」

囁き声が近づいた。

「なぁに？」

ぎゅっ。

アルトが急に、わたしの胸に顔を埋めた。

「えっ」

彼の手がわたしの背中にまわる。

ぎゅぅぅぅぅううーっと、される。

猛烈にテンパるわたし。猫のようにスリスリしてくるアルトの頭。中国の銅鑼《どら》みたいにドカンドカン鳴り始めたわたしの心臓。……むこうに丸聞こえじゃないか？　やばい！　恥ずかしい！　というかこれって、強引に迫られているのわたし⁉　どうするわたし⁉　別にわたしはアルトみたいな年下の男の子なんて全然、まったく、これっぽっちも、タイプじゃないよ⁉　はっきり言って、ストライクゾーンの外なんだよ⁉

「ロッサ……」

わたしの身体に弱々しくしがみついていつもの千倍幼く見えるアルトは、普段じゃ考えられないような甘えた声で、死ぬほど可愛らしくわたしに言った。

「ぼくを抱いて？」

ストラァァァァァァァァイクッ！

わたしは急に頭が真っ白になってお腹の奥が熱くなって心臓が破裂しそうになって鼻息が興奮した馬のように荒くなる。フンガ、フンガ、フンガァッ！

新しい何かに目覚めた気がする！

「だ、抱かない……もん」

とは言ったものの、今押し倒されたら絶対に抵抗できる気がしないし、むしろこんなアルトのことをわたしがいますぐに押し倒してしまいそうだよどうするよ……キャー！　どうしましょう？　マイライフ！

だけど安心したことに？？　アルトはわたしの胸から顔を離して、

「ちぇ、残念」

と拗《す》ねたように言った。さすがに押し切ることまではしないらしい。

そういう設定だったらしい。

「じゃあさ、キスは？」

「……」

とアルトは言った。

「だめ？」

「だぁーめっ」

「……いまちょっと、してもいいかもって、思った？」

図星である。

「……ちょっとだけね」

とわたしは言う。

「いつかしてくれる？」

「いいよ」

「ほんと？」

「ほんと」

「やったあ」

心の底から嬉しそうにアルトは言った。意外と素直なやつなんだな、ってわたしは思った。

——ひょっとしてこいつ。

めちゃくちゃ可愛いんじゃないか？

ソースコード、どうなってんだよ、おい！

「ねぇロッサ」

「なぁに？」

「ロッサはおれのこと好き？」

「…………………………………………くかー」

「え！」

「くかー」

「嘘だろ」

「くかー」

「いま寝んのかよ！」

「くかー」

「なんつータイミングだよ！」

「すすぴー」

……けっきょくそのまま放置されたアルトは、しれっとわたしの胸にまた顔を埋める。

わたしは寝ぼけたふりをしながら彼を抱きしめる。わたしたちは互いに抱きしめ合って、一緒に眠った。

☾

花火大会当日の夜。

ホテルの窓から街を見下ろしてみると、道に人が溢れている。

わたしは腰に両手をあてて、

「はっはっはっ、人がゴミのようだ！」

「何やってんだよ、馬鹿」

とアルトに突っ込まれた。

——だって、やりたくなるじゃんねえ？

ベッドに寝転んでいたアルトはよっと起き上がって、

「さてと、そろそろ始めようか」

と言った。

クールだ。

でも昨日の夜のことをわたしは忘れていないぞ。

アルトはベッドをぽんと叩いて、「ここに寝転んで」と言う。

わたしはそれに従ってベッドに寝転ぶ。

——作戦開始四十分前。

「これからおまえを〈こっち側〉の世界に招待する」

「難しい？」

「簡単さ。……まずは目を瞑って」

と言われてわたしは目を瞑る。

「リラックスして」

と言われてわたしはできるかぎりそうするけれど、やっぱり緊張はそれなりにしているので、リラックスできている自信はあまりない。

アルトはまるで催眠《さいみん》術でもかけるみたいに静かに話す。

「一度、ゆっくり、深呼吸」

「すーはー」

「自分の身体が、軽くなるようにイメージして」

「うん……」

「体重がどんどん減って、ゼロになるようなイメージ」

「うん……」

アルトはわたしの腰に手を回した。

「固くならないで。力を抜いて、もう一度深呼吸」

「……すーはー」

そしてアルトはわたしの身体をゆっくりと抱き起こした。わたしは力まないよう、彼の両腕に身体を預けきる。ふわりと身体が持ち上がって、わたしはベッドから立ち上がる。

「目を開けて」

と言われて目を開ける。目の前にはアルトがいる。何の変哲もない光景。わたしは自分の身体を確認するけど、特になにも変化していないように見える。

「……もう終わったの？」

「終わったぜ。後ろを見てみろよ」

そう言われて、後ろを振り返ってみれば——まあ、びっくり。

自分の身体がまだベッドに横たわっているではないか。

ベッドの上で、わたしが仰向けになって、眠ったままだ。

「すごい！　幽体離脱みたい！」

「これを〈グラスイン〉っていうんだ」

「わたしはいま、データだけの状態なんだね？」

「そうだ」

「この状態なら、あの橋を渡れるんだね？」

「ああ」

わたしはついにメガネの中の世界に入ったのだ。

「わたし、アルトのいる世界に来ちゃった！」

「ああそうだな。さて行こう、もうじき花火が上がる」

とアルトは言った。

クールだ。

でもわたしはきのうの夜の甘えた声を忘れないぞ。一生忘れてやるものか。

わたしたちはホテルを出て人混みのなかを流れとは逆に突き進む。離ればなれにならないよう――手を繋いで突き進む。

街中がお祭り騒ぎで夜店がたくさん出ている。わた飴《あめ》やらりんご飴やらベビーカステラやらイカ焼きやら射的やらお面やらが並んでいて、わたしの時代からぜんぜん変わっていない。――いやでもちょっと待てよ、定番の金魚すくいはなぜか見かけない。なぜだろうか？　まあいいや。

ブレア社の近くまで来ると、さすがに打ち上げ場所の反対側だけあって人の気配はなくなった。

「ここに隠れていよう」

とアルトが言って、わたしたちはブレア社のビルの道路向かいに立っているビルの敷地を囲むようにして設置された、生け垣の内側の花壇のなかに身を潜める。

「一発目の花火が上がったら、作戦開始」

わたしは視界にデジタル時計を意識して表示させて時間を確認する。

『20：57』

あと三分だった。

わたしはアルトに背中を預けてブレア社とは反対側を向く。アルトいわく、ここからでも花火は見えるらしい。

靴の裏にやわらかい土の感触があった。当たり前だ。花壇のなかにいるのだから。花壇のなかには背の高い――何かの花が――たくさん植えられているみたいだけれど、辺りは暗くて何の花が植えられているのかは判らなかった。

風は穏やかで涼しかったけれど、わたしは緊張からすこし汗をかいていた。

「ねえアルト」

「なに？」

「来年のこの日には、わたしを反対側まで連れてってくれる？」

アルトがこっちを振り向いた。

「当然だ。一番良い位置に連れてってやるよ」

「ありがとう」


その時、花火が上がった。

一筋の太い火柱が螺旋を描きながら空を昇っていく。

ウォォォォオオと唸り声を上げている。

それは龍の形をしていた。

龍は宇宙のすこし手前まで昇って、この世界をすべて見渡せるようなところで止まって一度、世界を――そこに住み着くわたしたち人間を睨みつけ――

破裂した。

数千、数万の火の粉《こ》となった龍はゆっくりと尾を引きながら滝のように地球に降り注ぐ。

「作戦開始だ」

アルトが言った。

わたしたちは花壇から飛び出す。

そのとき――この場所まで花火の光が届いて昼のように明るくなったその一瞬に――わたしは花壇に植えられている花が何なのかを知った。

ユリ科だった。

一メートル半ほどの背丈。

俯向くように咲く白色の大輪。

こんなにはっきりと香りがしていたのに、どうして気が付かなかったのだろう。

それはカサブランカの花だった。

神社の小さな鳥居の近くに見張りは一人もいなかったが、中に入ってみればまだ数人——ジャングルジムの上から見えた黒服たちがいた。

「今は彼らに、おれたちの姿は見えない」

とアルトが言う。

わたしたちは黒服たちのすぐ横をそっと通り抜ける。音はむこうに伝わるのだろうか？——なんてことを考えるけれど今質問するわけにもいかないので、わたしは一応静かにするよう気をつける。

どん。どん。どん。

ここまで届いた花火の重低音がわたしの背中をノックする。

あきらかにカタギじゃない風情の怖い顔をした黒服たちは、わたしたち侵入者に気が付かずに遠くの花火を見つめていた。

——きっと彼らもあっちに行きたかったんだろう、ってわたしは勝手に想像した。ひょっとすると、わた飴が食べたかったのかもしれない。

そんなことを考えていると、怖さがすこし和らいだ。

わたしとアルトはあっという間に境内を抜けて、例の橋に到着する。

近くでみるとかなり大きい。

「ちょっと待ってて」

とアルトが言って、足を止める。

アルトは橋のたもとに立って、そっと、手を前方に突き出した。

——ぶぉうっ！

その手が燃え上がった。

「大丈夫⁉」

「へいき。やっぱりあったな。ファイアウォール」

——まさかほんとに燃えるだなんて。

未来の技術って、クレイジーだね！

これが……こうかな？　とかなんとかって独り言をアルトはぶつぶつ呟いて、十五秒ほどしてから彼は「よし」と言った。

アルトの手から炎が消えた。

「もう大丈夫だ」

と言ってアルトはわたしを引っ張ってわたしたちは橋を渡る。

橋のうえにはびゅぅぅぅうううっと風が吹いていて、見下ろしてみると巨大な雲の群れが高速で移動していた。雲の表面にはこの橋の影が落ちていた。

橋は真っ直ぐに浮島へと続いている。

闇のなかの浮島に花火の光が届いて、チカチカと点滅する。

まるでラストダンジョンみたいだ。

一歩一歩前へ進みながら、わたしはアルトに質問する。

「ねえアルト。きみっていったい何者なの？　この時代ならどんな人工知能でも、この場所へわたしを連れて来ることができるっていうの？」

もちろん、そんな筈がない。

アルトはわたしのまえに情報を出した。

そこには『〈ブラッドベリ〉〈クラーク〉〈ディック〉〈アジモフ〉〈ハインライン〉〈イーガン〉〈ベスター〉〈ウェルズ〉』と表記されている。

「これって、いったい何の名前？」

「この世界に八つある、この時代の、最高性能の量子コンピューターだ」

アルトはそのうちの一つ、〈ベスター〉を指して、

「こいつがおれの中の人ってわけ」

と言った。

「へぇー！　アルトって、凄いんだね！」

「別におれが凄いわけじゃない。おれはこいつの力を借りてるだけだよ」

とアルトは言う。

謙遜《けんそん》だ。

だってその力の使い道を、意志を持って決めているのがアルトなんだから、やっぱりアルトは凄いのだ。高性能のF1マシンがあったとしても、それを乗りこなすドライバーがいないと話にならないもんね。……わたしはそう考えたものの、それを言葉にして口から出す時間はなかった。なぜかと言うと、わたしたちは橋を渡りきって浮島に上陸したからだ。

浮島の上には大きな遺跡があった。遺跡の表面には苔《こけ》が生えている。岩と岩の隙間からはたくさんの木が生えて林を形成していた。

研究所の入り口はすぐに見つかった。

遺跡の一箇所に横穴が開いていて、その内側に遺跡とは不釣り合いな——明らかな人工物の壁と——そしてトビラがあった。

「この中に、HAL斗がいる」

アルトがトビラを開けて、わたしたちは中に踏み込む。

異様な光景がそこにはあった。

三十平方メートルほどの部屋だ。人は誰もいない。入り口とは反対側にもう一つのドアがあるから、たぶん、この建物はまだむこうへ続いているのだろう。

薄暗い部屋の中は、拷問《ごうもん》器具で埋め尽くされていた。

針だらけの椅子。鋭いピラミッド形の台座。錆び付いたノコギリ。トラバサミのようなもの。指をセットするための何か。首をセットするための何か。両手両足をセットするための何か。ギザギザに尖った板と、そのとなりに用意されている百鬼夜行《ひゃっきやこう》シリーズ。あと『境界線上のホライゾン』。……いったい、どうやって使うのだろう？

中には血と思われる黒いシミの付いたものまであった。

「とても研究施設には見えないな」

とアルトが言う。「なんだか意表を突かれたかんじだ。——良い状況ではないな」

たしかに、想像していたものとはまったく違う。

わたしたちはその部屋を通り抜けて廊下に出た。暗くて細くて、なんだか古い病院の廊下みたいだとわたしは思った。

その先に木製のトビラがあった。

両開きの重厚なもので、手の込んだ装飾が施されてある。

そのトビラを開けてわたしとアルトはなかに踏み込む。

「これは……」

わたしとアルトは二、三歩踏み込んだところで足を止めた。景色が開ける。

洋館だった。

赤絨毯の敷かれた階段が正面にあって、それは踊り場で左右に折り返してある。階段と入り口のドアとの間にはアーチ状の仕切りがあって、大理石の太い柱で支えられている。わたしたちは階段を上って踊り場で右に曲がって二階に上がる。

奇妙だ。

とても、奇妙だった。

「ねえアルト。ここって何だか、変なかんじがする……」

洋館に一歩踏み込んだとき、肌に触れる空気が、あきらかに変化した。それが匂いなのか、温度なのかはわからない。……いや、どちらも違う。

わたしのなかの、五感とはべつの感覚が、この場所が特殊であることを察知したようだった。

わたしの疑問にアルトは答えた。

「あぁ、どうやらこの場を構築するサーバが変わったようだ」

「サーバが？」

「うん。まさか空間が入れ子状になっていたとはね。予想外だよ。ちょっと待って、今調べるから……ええっと」

アルトは一瞬視界の隅を目で追うようにしてから、

「――サーバ名がわかった。この空間を構築しているサーバは〈エイダ〉というらしい」

と言った。

「エイダ……？」

聞いたことのない単語だった。

その単語について検索してアルトは言う。

「十九世紀に、エイダ・ラブレスとかいう女性がいたらしい。……なるほど。彼女は世界初のプログラマといわれていたみたいだ。たぶんこれが元ネタだろう。……エイダと言えば他にも、プログラム言語の〈Ada〉や山田正紀《やまだまさき》とかいう小説家が書いた『エイダ』やゲームキャラクターの〈エイダ〉なんかもあるみたいだけれど、こっちはまぁ、関係なさそうだな」

アルトは続けて、「おれはいままであちこちの仮想空間に入ったことがあるけど、こんな空間は初めてだ」と言った。

「なんだか、長時間いると、何もしていなくても酔いそうだね……」

とわたしは言った。

ここにいると妙に身体がふわふわしていて、地に足がつかないかんじがする。

「まるで夢のなかにいるみたいだ」

とアルトが言った。

そのとおりだとわたしは思った。

――それに。

まさにHAL斗はこの空間のなかで、十年近くも夢を見続けているのだから、彼にしてみれば、ここは紛れもなく夢の世界なのだ。

ひょっとしてわたしたちは、彼の夢のなかに侵入してしまったのだろうか？

などと、SFじみたことを考えてみたりもする。

洋館二階の廊下の窓には綺麗なステンドグラスが嵌められていて、外はまだ夜のはずなのに、向こう側から白い光が差していた。

たくさん並んだドアの一つを開けてなかを覗いてみると、ソファやらテーブルやらマントルピースやらがあった。漆喰細工《しっくいざいく》の施された天井からは豪奢《ごうしゃ》なシャンデリアがぶら下がっている。

HAL斗はいなかった。

わたしたちは他の部屋も見て回るがなかなかHAL斗とは出会えない。〈エイダ〉が構築する――どこか超然とした空間のなかを、彷徨《さまよ》い続けていると――だんだんとここが現実なのかどうかが怪しくなってくる。ひょっとしたらわたしはいま夢をみていて、現実のわたしはブレア社の研究所になんて潜入していなくて、病院のベッドでまだ眠っているんじゃないだろうか？　ほんとうはまだ、わたしは手術の全身麻酔から目覚めていないんじゃないだろうか？　アルトにセックスを迫られるなんてシチュエーションはわたしが無意識にもつ性的欲求が投影された結果なんじゃないだろうか？　……なんてことを考え始めるけれど、それほど現実的に現実を疑える以上、きっとここは現実なのだ。

しっかりしろ、わたし。

気を紛らわすためにアルトに何か話しかけようと思い、

「ねえ、ア」

と言ったところで、アルトに口を塞がれた。

おかげでわたしは「ねえ、アふろぉ」と言ってしまった。

「……」

どうしたのだろう？

アルトの様子が変だった。彼はわたしのことは見ずにどこか遠くに視線を向けてそれを固定し首からうえを――それどころか眼球さえも――微動《びどう》だにしていない。顔色が異常にわるい。呼吸さえも止めて、全身を完全に硬直させて冷や汗までかいている。そしてわたしの口を塞ぐ彼の手は――わずかに震えていた。

アルトはわたしよりも先に部屋から出て廊下の一点を見つめていた。

わたしもそれを見た。

最末来人が、そこにいた。

「――っ！」

例の包帯男だ。血走った目を宙にギョロギョロと彷徨わせ、ほとんど骨が剝き出しのただれた両腕をだらりと下げ、彼は廊下のまんなかに亡霊のごとく佇んでいた。

怨嗟の言葉を吐いていた。

ソレはまだわたしたちのことを見つけてはいなかったが――にもかかわらず、わたしは蛇に睨まれた蛙のようになる。

――ふいに。

怨嗟の言葉の一片がわたしの耳に入る。

『ロッサ……ァ』

と、確かにソレはわたしの名を呼んでいた。

やはりあいつはわたしを探しているのだ。

わたしは心の底から震え上がって思考はいま出たばかりの部屋に戻って隠れる選択肢を最上位に浮上させたけれど、アルトはわたしの手を引いて廊下を進むことを選択した。

わたしたちは移動する。

ソレとは反対側へ一歩でも遠くへ一秒でも早く見つかる前に――。

廊下に並んだ部屋のうちの、ひとつのドアのまえを通りすぎようとしたとき、急にそのドアが開いてわたしたちは何かと鉢合わせした。

ＨＡＬ斗かと期待したがそうではなかった。

「どうして――？」

恐怖と混乱が全身を急速に巡る。


部屋から出てきたのは最末来人だった。


ソレはわたしを視界に入れるなりキィエエエエッ！　と狂った声をあげて、ノータイムのノーモーションでわたしの胸ぐらを摑む。

「うきゃあ！」

――いや摑まれなかった？

人間のものとは思えないその悍《おぞ》ましい手が空を切りソレはまえに一瞬よろける。後ろを振り返ったわたしはソレのむこうにもう一人のソレがいることを確認する。そいつもついにわたしたちに気が付きこちらを直視してやはり即座にこちらへ向かって走ってくる。

「二人いる――⁉」

「逃げるぞ！」

アルトがわたしの手を引っ張って走りだすが――わたしのすぐ後ろにいるソレはすぐに

体勢を立てなおし、手を伸ばしてわたしの肩を摑む。

——いや。

摑まれていない？

またギリギリのところで躱《かわ》せたらしいわたしはアルトに引っ張られて一緒に全力疾走。廊下を奥へと進むと左側に中庭が見下ろせた。わたしのすぐ後ろにいたソレはもう一度わたしに手を伸ばしてやはり空振りして身体を中庭に向けたとたん——なぜだか急にわたしに興味を失いどこかへ走り去る。わけがわからない。しかし最初に見かけたほうのソレはまだわたしたちのことをターゲットしたままで明らかにわたしよりも足が速くて廊下に並んだ花瓶やら燭台《しょくだい》やらを蹴散らしながらみるみる距離を詰めてくるからこわいこわいこわい！

包帯男はわたしたちに向かって何かを飛ばした。わたしにはそれが空間の歪みにみえた。高速で迫る。

アルトがとっさに銀色のバリアを張った。

ミシリッ。

バリアに亀裂《きれつ》が入る。

なんとか防いだものの、亀裂の大きさからいってこれじゃあ持ちこたえられそうにないとわたしは思う。キィエエエエッ！　包帯男は耳をつんざく咆哮を上げてそのままバリアにタックル——バリアはあっけなく砕け散った。

「摑まれ！」

と言ってアルトがわたしをお姫様抱っこしてジャンプ。

重力に従う感覚。

——どすん。

わたしたちは二階の回廊から一気に中庭まで飛び降りた。

「ふっ」

とアルトは息を吐いて、

「最初からこうしておけばよかったぜ」

と言った。

距離を取れたのだろうか？

ここからじゃアルトの顔しかみえない。

彼はわたしを抱っこしたまま洋館の奥へむかって走りだした。そのほうが速いと判断したのだろうが——そのとき、わたしの身体はいきなり宙に放り出された。

「あ」

とアルトが気の抜けた声を上げた。

わたしは中庭の石畳のうえに落ちて、盛大に転がって、立ち上がって、アルトをみる。

アルトの下半身から湯気のような質量のきらきらとしたエフェクトが立ちのぼっている。

どこかで見たことがあるものだ。

——あぁそんな！

両足の膝から下が失くなっていた。

「アルトォォオッ！」

わたしは叫ぶ。

「逃げろ！」

アルトはそれだけを言う。

中庭に降り立ったソレは、跪《ひざまず》いて見上げるアルトのことを見下ろし――

アルトはもう一度バリアを張った。

ソレは手のなかに黒と赤が混合したまがまがしい渦状《うずじょう》の――この地球上の憎しみを具現化して一点に集めたような負のエネルギーを発生させ――ほんの一瞬ためてから――アルトめがけて振りおろした。

バリアと一緒にアルトの全身が吹き飛ぶ。

アルトの身体がイチとゼロのきらきらになって空中に散る。

「イヤァァァアアアアアッ！」

わたしは喉が裂けそうなほどの絶叫を上げて即座に中庭から屋内に戻り、廊下をむちゃくちゃに走りまわるが、ソレもただちにわたしのことを猛追跡。

怨嗟の言葉が、その声が、だんだんと大きくなってわたしの全身を呑み込もうとする。

――だめだ。

追いつかれる。

目の前には十字路。曲がることなどできない。トップスピードでまっすぐに突っ切ったその直後、――うしろで誰かの声がした。


『――こっちよ！　最末来人！　わたしはここにいる！』


信じられない。

それはビアンカの声だった。

わたしは本能的に振り返った。ソレがターゲットをわたしから声のしたほうへ変更し、十字路を左へ曲がっていくのが見えた。

わたしはそのまま長い廊下を走り続けて突き当たりを右へ曲がる。

「ダメだ！」

目の前に男が現れた。

——いや、男の映像が現れた。

彼は両目の下に大きなクマを作っていて、窶《やつ》れていた。なぜだかほっぺたを真っ赤に腫《は》れ上がらせて、眼には涙を浮かべている。

「ロッサ……さま。止まってください！　さっきのところまで、引き返してください！」

わたしは恐怖にかられてまえに進み続けようとする足を無理やり止める。棚のうえに置かれた大きな花瓶に手をひっかけてすこしでも前進を止めようとする。花瓶は棚から落ちて粉々に砕け——瞬間的に再生した。

細かな破片が動画を逆再生したみたいに収束して——花瓶は完全に元の形に戻って廊下にごろんと転がった。——さっきから、いったいなにが起こってるのよ⁉

「あなたがＨＡＬ斗ね⁉」

「——はいそうです」

ＨＡＬ斗は現行犯で捕まった痴漢みたいに肯定した。

「どうしてわたしの名前を知ってるの？」

「それはキ、キミが……いや、あなたさまが教えてくれたんです」

わたしが教えた?

いつ?

まったく意味がわからない。

HAL斗のそばで何かが壊れる音がする。HAL斗は急に怯えだして、となりにいる誰かにしがみつく。映像はHAL斗だけを切り抜いているからそれが誰かはわからない。

「と、と、と、とにかくさっきのT字路まで戻って直進してください! つまりあなたは右じゃなく左に曲がるべきだったんだ! それを行った先に物置があって、そこにあなたが必要とする物がある! ……うわあ! もう駄目だぁあああ!」

映像が消えた。

なにがなんだかよくわからないけど、わたしは彼の言葉に従って引き返す。廊下を直進した先には彼が言っていたとおり物置がある。ドアを開けてなかに入る。物が大量に入ったおもちゃ箱が山積みになって部屋を埋め尽くしている。わたしはおもちゃ箱に手を突っ込んでなかから物をかき出した。どれだ⁉ どれだ⁉ どこにある⁉ おもちゃ箱からは何に使うのかわからない物ばかりが出てくる。ここはなにわのエジソンの部屋かっ! ガラクタだらけじゃないか! わたしはおもちゃ箱を片っ端からひっくり返す。バラララララ! 一つ残らずひっくり返す。バラララララララ! いったん手を止めて俯瞰《ふかん》してみるが、そこに何か重要なアイテムがあるようには思えない。どれだ⁉ どれだ⁉ わたしはどれを手に取ればいい⁉

考えるんだわたし。わたしが必要とするものって何だ？　……もちろんそれは、〈ウブメ効果〉に関するデータだ。……ということは、それは何らかの記憶媒体のはずだ！

わたしはガラクタの山をぐるりと見回してそれを探す。

どういう形状をしてるんだろう？　ディスク……なわけがない。ここは未来だ。それならカートリッジのようなもの？　……あぁもうっ！　この時代で流通している記憶媒体のカタチなんて、わたしに判るわけがないじゃないか！　――いいや、あるぞ。ひとつだけあるじゃないか。

あった。

あれだ！

わたしはそれを手にとった。

それは本だった。

単行本サイズのソフトカバー。上部はギザギザの天アンカットになっていて、青いスピンが付いてある。

――これ以外はあり得ない、い、い、い！

本というのはつまるところ、過去からきたタイムトラベラーのわたしが認識しうる、唯一にして現役の記憶媒体なのだ。

わたしはそれを捲《めく》ろうとする——

が、そのとき背後でドアが吹き飛んだ。

振り向く。

ソレが部屋までやってきた。

吹き飛ばされて粉々になったドアは瞬時に逆再生したみたいにくっついて、元の場所に元のカタチで収まる。

わたしはとっさに本をスカートのポケットに入れた。

ソレは一瞬で迫ってわたしの肩を摑む。わたしの肩にぶちぶちと音を立ててソレの爪が食い込んだ。痛い痛い痛い！　……ソレはアルトにやったように憎悪のエネルギーを手に集め、私に直接振り落とした。

瞬間——わたしは粉々に吹き飛ばされてイチとゼロのきらきらになった。

ひきつけを起こしたみたいにはね起きる。全身に汗をかいてびしょびしょになっている。

ホテルのベッドの上だった。

意識が、戻ってきたのだ。

すぐさま周囲を確認するが——アルトの姿はない。

わたしは急いでポケットのなかから本を取り出し、適当なページを開く。

本の中身は——真っ白だった。

「そんな……」

わたしは小口《こぐち》に親指をあててスライドさせて高速でパラパラと全ページを捲ってみたが、中には何も書かれていない。

……騙されたのか？　HAL斗に。

絶望が喉元までこみ上げる。

あのやろぉ……っ！

アルトを失ってまで手に入れたものがこれ。これなのか？　——この、白紙の本？

絶望の湯に浸かったような気分だ。

わたしは急に鈍《にぶ》くなった身体を動かして無理やり立ち上がって部屋の入口のドアに向かう。——いまのわたしには一刻も早くここから出ないとマズい！　ヤバイ！　殺される！

という確信だけがあった。

ドアノブにかけた手を――ふと、そこでとめる。
わたしは極限の警戒心から、覗き穴に目を当てた。

廊下のむこうにソレがいた。


こっちにむかって真っ直ぐに歩いてきたソレは、ドアの覗き穴越しにわたしと目があったとたん、姿を消した。

あれ？ と思ったときには背後で気配がした。

振り向く。

ソレがいる。

「うそっ、……瞬間移動能力者《テレポーター》!!」

キィエエエエ！ とソレは間近で叫んでわたしのお腹に何かをあてる。一瞬わたしの全身に針で刺したような痛みが走り――


わたしの意識は強制的に失われた。

（続）

本書は第十八回星海社FICTIONS新人賞受賞作品『ビアンカ・オーバーステップ―神の世界に月はない―』を改題し、加筆・訂正を加えたうえで、分冊して出版したものです。

Illustration いとうのいぢ
Book Design Veia
Font Direction 紺野慎一

使用書体
本文――――A-OTF秀英明朝Pr5 L＋游ゴシック体Std M〈ルビ〉
柱――――A-OTF秀英明朝Pr5 L
ノンブル――ITC New Baskerville Std Roman

星海社
FICTIONS
ト2-01

# ビアンカ・オーバーステップ（上《じょう》）

2017年3月15日　第1刷発行　　定価はカバーに表示してあります

著　者 ―――――― 筒城灯士郎《とうじょうとうしろう》

発行者 ―――――― 藤崎隆《ふじさきたかし》・太田克史《おおたかつし》
編集担当 ――――― 石川詩悠《いしかわしゅう》
編集副担当 ――― 太田克史
発行所 ―――――― 株式会社星海社
〒112-0013 東京都文京区音羽 1-17-14 音羽 YK ビル 4F
TEL 03(6902)1730　FAX 03(6902)1731
http://www.seikaisha.co.jp/
発売元 ―――――― 株式会社講談社
〒112-8001 東京都文京区音羽2-12-21
販売 03(5395)5817　業務 03(5395)3615
印刷所 ―――――― 凸版印刷株式会社
製本所 ―――――― 加藤製本株式会社



ISBN978-4-06-139964-8　N.D.C913 322P.　19cm　Printed in Japan

SEIKAISHA

## 星々の輝きのように、才能の輝きは人の心を明るく満たす。

その才能の輝きを、より鮮烈にあなたに届けていくために全力を尽くすことをお互いに誓い合い、杉原幹之助、太田克史の両名は今ここに星海社を設立します。

出版業の原点である営業一人、編集一人のタッグからスタートする僕たちの出版人としてのDNAの源流は、星海社の母体であり、創業百一年目を迎える日本最大の出版社、講談社にあります。僕たちはその講談社百一年の歴史を承け継ぎつつ、しかし全くの真っさらな第一歩から、まだ誰も見たことのない景色を見るために走り始めたいと思います。講談社の社是である「おもしろくて、ためになる」出版を踏まえた上で、「人生のカーブを切らせる」出版。それが僕たち星海社の理想とする出版です。

二十一世紀を迎えて十年が経過した今もなお、講談社の中興の祖・野間省一がかつて「二十一世紀の到来を目睫に望みながら」指摘した「人類史上かつて例を見ない巨大な転換期」は、さらに激しさを増しつつあります。

僕たちは、だからこそ、その「人類史上かつて例を見ない巨大な転換期」を畏れるだけではなく、楽しんでいきたいと願っています。未来の明るさを信じる側の人間にとって、「巨大な転換期」でない時代の存在などありえません。新しいテクノロジーの到来がもたらす時代の変革は、結果的には、僕たちに常に新しい文化を与え続けてきたことを、僕たちは決して忘れてはいけない。星海社から放たれる才能は、紙のみならず、それら新しいテクノロジーの力を得ることによって、かつてあった古い「出版」の垣根を越えて、あなたの「人生のカーブを切らせる」ために新しく飛翔する。僕たちは古い文化の重力と闘い、新しい星とともに未来の文化を立ち上げ続ける。僕たちは新しい才能が放つ新しい輝きを信じ、それら才能という名の星々が無限に広がり輝く星の海で遊び、楽しみ、闘う最前線に、あなたとともに立ち続けたい。

星海社が星の海に掲げる旗を、力の限りあなたとともに振る未来を心から願い、僕たちはたった今、「第一歩」を踏み出します。

二〇一〇年七月七日

星海社　代表取締役社長　杉原幹之助
代表取締役副社長　太田克史

# 文芸の未来を切り開く新レーベル、

# ☆星海社FICTIONS

## 3つの特徴

## 1 シャープな『造本』

本文用紙には、通常はハードカバーの本に使われる「OK(T)バルーニー・ナチュラル」を使用。

シャープな白が目にまぶしい紙が「未来」感を演出します。また、しおりとしては「SEIKAISHA」

のロゴプリントの入ったブルーのスピン(しおりひも)を備え、本の上部は高級感あふれる「天アンカット」。

星海社FICTIONSはその造本からも文芸の未来を切り開きます。

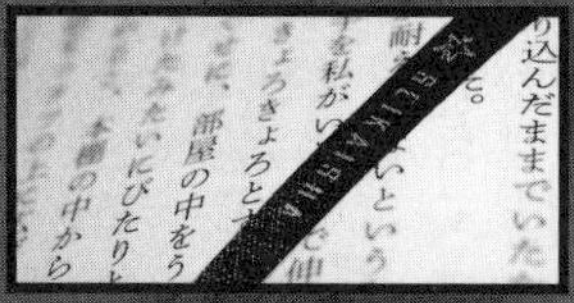

## 2 『フルカラー』印刷による本文イラスト

本文用紙に高級本文用紙「OK(T)バルーニー・ナチュラル」を使用したことに
よって、フルカラー印刷で写真やイラストを収録することが可能になりました。
黒一色の活字本文からシームレスにフルカラーの世界が広がる文芸レーベルは、星海社FICTIONSだけ!

## 3 大きなB6サイズを生かしたダイナミックかつ先進的な『版面』

フォントディレクター、紺野慎一による入魂の版面。文庫サイズ(105mm×148mm)はもとより、
通常の新書サイズ(103mm×182mm)を超えたワイドなB6サイズ(128mm×182mm・青年漫画コミックス
と同様のサイズ)だからこそ可能になった、ダイナミックかつ先進的な版面が、今ここに。

☆星海社FICTIONS
伊吹契×大槍葦人が贈る“未来の童話”——
アリス+エクス+マキナ
ALICE EX MACHINA
高性能アンドロイド・アリス——
その普及に伴い、彼女たちの人格プログラム改修を行う“調律師”たちも、
あちこちに工房を構えるようになっていた。
ある日、調律師である朝倉冬治の工房に、
15年前に別れた幼馴染と瓜二つの顔を持つ機巧少女《アリス》が訪れる。
ロザと名乗る彼女は一体何者なのか。何故工房に現れたのか……。
哀しくも美しい機巧少女譚《アリス・メルヘン》がはじまる。
星海社FICTIONS新人賞を受賞した
第一巻、全470ページを
星海社WEBサイト最前線にて公開中
http://sai-zen-sen.jp/awards/
alice-ex-machina/

# ☆星海社FICTIONS ——— 今月の新刊

## ビアンカ・オーバーステップ(上)

**筒城灯士郎** Illustration／いとうのいぢ

妹にとって不要なものは——姉以外のすべてだ。

文学界の巨匠・筒井《つつい》康隆《やすたか》が書き上げた唯一のライトノベル作品、『ビアンカ・オーバースタディ』。その“正統なる続篇”を引っさげ、筒井が認めた破格の新人・筒城《とうじょう》灯士郎《とうしろう》の才気がついにヴェールを脱ぐ！　天体観測の最中に突然消失してしまった好奇心旺盛な超絶美少女・ビアンカ北町《きたまち》。妹・ロッサ北町は愛する姉を見つけ出すため、時空を超えた冒険《オーバーステップ》を始める——！

## ビアンカ・オーバーステップ(下)

**筒城灯士郎** Illustration／いとうのいぢ

——大切なのは、あなたが最後まで、これを読みきるということ。

世界から姿を消した姉・ビアンカを見つけるため、時空を翔けめぐる追跡を続ける妹・ロッサ北町《きたまち》。ビアンカはどこへ消失したのか、〈ウブメ効果〉とは何なのか、そして〈最未来人《さいみらいじん》〉とは誰なのか——。文学界の巨匠・筒井《つつい》康隆《やすたか》が書き上げた唯一のライトノベル、『ビアンカ・オーバースタディ』。その“正統なる続篇”を書き上げた新人・筒城《とうじょう》灯士郎《とうしろう》の筆致は、ジャンルの限界を超えた《オーバーステップ》結末へ——！

## ダンガンロンパ霧切5

**北山猛邦** Illustration／小松崎類

キャッチ探偵VS探偵による究極の頭脳決戦《ラストゲーム》に挑め!!

難攻不落の「密室十二宮」、ついに陥落！　探偵たちの屍《しかばね》と裏切りを乗り越えた先に待つ、衝撃の真実——最強の探偵が仕掛ける最終試験《ラストゲーム》を霧切響子《きりぎりきょうこ》と五月雨結《さみだれゆい》は突破できるのか!?

「物理の北山《きたやま》」こと本格ミステリーの旗手・北山猛邦《たけくに》が描く超高校級の霧切響子の過去—。これぞ“本格×ダンガンロンパ”！

## 黒剣《くろがね》のクロニカ 02

**芝村裕吏** Illustration／しずまよしのり

和睦か、迎撃か。フランは“惨劇の日”を切り抜けられるのか——？

都市国家・コフの貴族“黒剣《くろがね》家”の長である父と長兄・トウメスの打倒に成功し、隣国ヤニアと二人の姫を救った黒剣家の三男・フラン。しかし、残された次兄のオウメスと、フランのかつての親友・ウラミによってヤニアは“惨劇の日”を迎えようとしていた……。果たしてフランの叡智は、局面を打開できるのか？

『マージナル・オペレーション』『遙《はる》か凍土《とうど》のカナン』のタッグが贈る、超巨弾ファンタジー、危急存亡の第二幕！

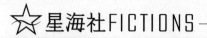